MOI,
MADISON WASHINGTON

THIERRY MAUGENEST

MOI, MADISON WASHINGTON

roman

ALBIN MICHEL

À R. M. B.

« Les anneaux de fer ne peuvent enchaîner la force de l'esprit. »

Shakespeare, *Jules César*

Qui suis-je ?

Je m'appelle Madison Washington. Je ne suis plus aujourd'hui qu'une ombre du passé. Et si les journaux ont jadis consacré leur une à ce que j'ai accompli en novembre 1841 au large de la Caroline, ils n'ont fait qu'évoquer le fil de mes actes ; chacun a expliqué à sa manière comment, par amour, j'ai mené la plus grande évasion d'esclaves de l'histoire des États-Unis, mais ils n'ont rien dit de mes doutes, de mes souffrances, de mon effroi face à l'adversité. Presque malgré moi, j'ai mis un pays à feu et à sang ; j'ai été l'un de ceux qui ont précipité la guerre, celle qui a libéré mon peuple de l'esclavage. Aujourd'hui, je me demande encore pourquoi ce rôle m'a été confié par la Providence. Tout ce que je sais, c'est qu'une force mystérieuse – en moi ou hors de moi – m'a commandé d'agir. Comment la nommer : esprit, voix, entité ? Le saurai-je jamais ? Celui ou celle qui me lit pourra sans doute répondre à ces questions. Voici mon histoire. Elle l'aidera à percer mon mystère.

Sur les hauteurs d'Albemarle

État de Virginie, 1821

Elle n'a que dix-sept ans. Bientôt, elle deviendra ma mère. En ce début d'automne, elle s'est réfugiée sur les hauteurs qui ferment l'horizon du comté d'Albemarle. Dans le jour qui décline, elle aperçoit des chevaux sauvages. Elle les suit des yeux puis, pour oublier sa faim, pour tromper sa peur, elle commence à chanter tout haut, comme elle le faisait chaque soir à la plantation, près du feu. Depuis toujours, sa voix a quelque chose d'hypnotique. Quand elle entonnait ses premières mélodies à la veillée, hommes et femmes se rassemblaient autour d'elle. Certains fermaient les yeux, se laissant envahir par la musique, comme s'il s'agissait d'une nourriture de l'âme. Elle tenait ce don de sa mère, qui l'avait elle-même hérité d'une mère ayant grandi dans le ventre de l'Afrique, où les femmes du clan prétendaient que son chant parlait aux esprits.

Les bêtes tournent leur regard vers la jeune femme. Certaines déjà brisent leur élan. Bientôt, une jument s'approche d'elle, suivie d'une autre, et c'est très vite une dizaine de chevaux qui font cercle autour d'elle. Elle se redresse, glisse sa main dans leur crinière et se met à murmurer des mots à leur oreille. Au même moment, une voix la fait sursauter.

– C'est toi qui as attiré mon cheval ?

En se retournant, la jeune femme découvre un cavalier d'une trentaine d'années. Il la regarde en souriant. Elle pense à s'enfuir mais il est trop tard. L'homme est un Noir ; elle a appris cependant à se méfier des siens : certains esclaves travaillent main dans la main avec leurs maîtres et ils sont les premiers à traquer les fugitifs. Celui-ci est visiblement d'un rang supérieur au commun des cueilleurs de tabac.

– J'étais sur le chemin un peu plus haut, poursuit l'inconnu, et mon cheval m'a conduit ici. J'ai eu beau tirer sur ses rênes, impossible de le faire changer d'avis.

Le cavalier met pied à terre en tentant de rassurer la fugitive :

– Je ne te veux aucun mal.

– Qui es-tu ?

– Je m'appelle Cham. De quoi as-tu peur ?

– …

L'homme prend le temps d'observer la jeune femme. Elle est seule, sans bagage, d'un extrême dénuement.

– Tu t'es enfuie, c'est bien ça ? Ne crains rien, moi aussi j'ai été esclave en Louisiane pendant vingt et un ans. Puis mon maître, un vieil homme sans famille, m'a affranchi en voyant approcher sa propre fin. Je me dirige vers les États du Nord… j'espère y trouver du travail comme menuisier.

Le ciel est maintenant d'un bleu sombre. Des filets de lumière rouge sang commencent à strier l'horizon. Sans un mot, l'homme allume un feu avant de partager son repas avec la jeune femme. Elle se jette sur la nourriture mais reste sur ses gardes, mangeant en silence tout en jetant vers Cham des regards de défiance. À la nuit tombée, il lui tend sa couverture et se couche à même le sol, près des braises.

Le lendemain, dès les premières lueurs sur l'horizon, tous deux se regardent avant d'échanger un sourire. Ils marchent alors côte à côte jusqu'au cours de la Rivanna. Ils recueillent l'eau dans le creux de leurs mains, se frottent le visage, le cou, puis, par jeu, Cham éclabousse la jeune femme. Pour la première fois, il entend son rire. Il se rapproche d'elle. Il devine sa peau nue sous sa robe humide. Leurs doigts, leurs lèvres, se rencontrent, puis ils s'aiment à même le sable de la rive.

Lorsqu'ils s'apaisent enfin, le cheval de Cham se met à hennir. Tout à la fougue de leurs baisers, aucun des deux n'y prête attention. C'est une branche morte qui craque sous des pas qui les fait se redresser d'un bond. Ils se couvrent à la hâte. L'instant d'après, six individus en armes fondent sur eux ; en un éclair, ils encerclent le couple, leur interdisant tout repli.

L'homme à la tête de l'escadre est un chasseur d'esclaves. Le plus célèbre de l'État. Le plus craint aussi. Son nom est John Hewell. Chaque fois qu'il rattrape un fugitif, il y appose sa griffe au fer rouge, en forme de H, comme un éleveur marque les têtes de bétail. Il signifie par là que le captif est désormais à lui, jusqu'à ce qu'il ait touché le montant de la prime ou qu'il le revende à une plantation qui a besoin de main-d'œuvre. Sa marque est si connue que, partout en Virginie, John Hewell est désigné comme John H. Ou plus simplement : H.

L'homme prend dans ses mains le carnet qu'il garde

toujours sur lui, où sont décrites les caractéristiques des fugitifs qu'il recherche : leur taille, leurs traits, leurs cicatrices, mais aussi leur caractère, leur voix, autant de détails qui permettent à coup sûr d'identifier un esclave. Puis il dévisage Cham, qui ne correspond à aucune description connue.

– Qui es-tu ? lance-t-il.

– Un homme libre.

– Prouve-le !

Ce dernier lui tend les documents établissant qu'il a été affranchi quelques semaines plus tôt. John H. les examine puis les lui rend de mauvaise grâce. Il s'approche alors de la jeune femme. Au prix d'un immense effort sur elle-même, elle trouve le courage de soutenir son regard. En arrivant à sa hauteur, il tente de lui ôter sa robe. Comme elle résiste, il finit par la lui arracher jusqu'à ce qu'elle soit nue. Alors, il examine ses membres un à un pour s'assurer que sa prise correspond bien à Teresa March, une esclave qui s'est enfuie de la plantation Campbell, au sud de Charlottesville. Après un temps, il recule de quelques pas et range son carnet dans sa poche :

– C'est bien elle. Aucun doute là-dessus. Mais emparez-vous aussi de lui ! Il est coupable d'avoir aidé une fugitive.

Après s'être rhabillée, Teresa ferme les yeux et prononce à haute voix une incantation dans une langue inconnue. Quand les hommes posent leurs mains sur elle, s'apprêtant à lui passer les fers, elle continue de prier, d'une voix toujours plus forte. Puis elle ouvre enfin les yeux et dirige son regard vers le ciel, comme si elle attendait un secours venant de là.

– Tes dieux ne pourront rien pour toi, s'amuse l'un des

individus au service de Hewell, puis il referme une chaîne sur ses poignets.

Mais à peine a-t-il fini sa phrase que les chevaux hennissent avant de se cabrer nerveusement. L'instant d'après, ils se mettent à ruer et à courir en tous sens, renversant les hommes un à un, semant un vent de panique autour d'eux.

Le plus calmement du monde, John Hewell saisit l'arme qu'il porte à la ceinture et fait feu de sang-froid sur une bête. Le tir fait mouche en pleine tête. Aussitôt, les chevaux se dispersent. Une fois le calme revenu, il est le premier à s'apercevoir que Cham a profité de la confusion pour s'enfuir. Alors, il se dirige vers Teresa. Quand il n'est plus qu'à un pas de la jeune femme, il plonge ses yeux dans les siens et la saisit à la gorge.

– Tu te savais perdue, n'est-ce pas ? Et tu as fait ça pour qu'il puisse se sauver. Mais où qu'il aille, je le retrouverai. Alors, c'en sera fini de lui.

Aussitôt après, toujours très maître de lui, John H. rassemble du bois mort et allume un feu. Sitôt que les premières flammes s'élèvent en crépitant, il se dirige vers sa sacoche et se saisit d'une pièce de fer en forme de H, prolongée par une longue tige. Il enroule alors un linge autour de celle-ci et rougit patiemment sa marque au-dessus des braises. Lorsque le fer devient incandescent, il s'adresse à ses hommes :

– Maintenez-la au sol !

Alors seulement, il approche de Teresa avant de presser le fer chauffé à blanc sur son bras. Il ne semble pas même entendre le cri de douleur qui déchire l'espace. Il poursuit sa tâche avec la quiétude d'un employé de bureau qui apposerait sa signature au bas d'un document.

Nul, dans la bonne société de Virginie, n'aurait pu déceler un tel cynisme ni une telle violence chez cet homme. D'une rare élégance pour quelqu'un qui parcourait le pays à cheval, John Hewell était de surcroît grand amateur de poésie, de littérature, de musique. Et à celles et ceux qui, à la table d'un sénateur ou d'un juge fédéral, lui demandaient comment il s'y prenait pour retrouver à coup sûr les fugitifs sur la trace desquels il se lançait, il répondait immanquablement que, s'il était meilleur que les autres, c'est qu'il ne faisait pas cela en pensant à la prime qu'il toucherait. Les parts qu'il possédait dans les plus grandes sociétés d'exploitation de tabac lui assuraient des revenus confortables. Selon ses propres mots, traverser le pays pour remonter la piste d'un esclave n'était pas pour lui un métier. C'était un art.

Le ventre de la terre

C'est à l'intérieur d'une cage tirée par deux chevaux que Teresa reprend connaissance. Son bras la fait souffrir. Elle a tout juste le courage de regarder sa plaie purulente en forme de H. Elle se souvient de tout maintenant, de Cham, qui a traversé sa vie avant de disparaître, puis de cet homme qui l'a marquée de son sceau. Elle se redresse, regarde le soleil, comprend alors qu'elle se dirige vers l'ouest.

Après avoir emprunté des pistes rectilignes qui longeaient d'immenses champs de tabac, le chariot vient de s'engager sur les routes cahoteuses de la vallée de Shenandoah, encore enveloppée dans ses brumes. Depuis quelques semaines, un été sec a laissé place à un automne vaporeux, et l'eau, partout suspendue dans l'air, estompe les lointains. Teresa devine les contours d'une bourgade. Peu après, lorsque l'attelage y fait halte, les habitants viennent rôder autour d'elle. Une femme aux cheveux blancs lui tend une gourde d'eau. Mais, très vite, comprenant que la captive est une esclave en fuite, des hommes se mettent à l'insulter, lui crachent dessus à travers les barreaux avant que l'un d'eux ne lui jette un plein seau d'urine.

Enfin, le conducteur de l'équipage revient de la taverne

où il s'était arrêté. Elle découvre alors son visage. Ce n'est pas celui qui l'a marquée au fer rouge.

– Où allons-nous ? lui demande-t-elle quand le chariot repart.

L'homme qui lui tourne le dos ne prend pas la peine de lui répondre. Face à elle, au loin, Teresa distingue maintenant les contreforts des Blue Ridge Mountains. Elle comprend qu'elle n'est pas en train de revenir vers la propriété d'où elle s'est enfuie quelques semaines plus tôt. Elle ne sera pas suppliciée devant les esclaves de la plantation, puis brûlée vive afin de marquer les esprits de ses compagnons. Du moins pas tout de suite. Car elle sait que certains fugitifs, avant d'être exécutés en public, sont exploités une toute dernière fois, là où la main-d'œuvre manque, comme dans les mines de charbon.

Peu avant le coucher du soleil, le chariot atteint un camp composé d'une douzaine de tentes plantées près de la bouche béante d'un puits. Tout autour se trouvent des enclos à l'intérieur desquels hommes et femmes sont rassemblés, tel du bétail. Tous se tiennent serrés les uns contre les autres pour se protéger du vent qui descend des falaises. À quelques pas des esclaves, Teresa aperçoit une forme brune qu'elle n'identifie pas tout de suite. Puis, à mesure que le chariot s'approche, elle découvre qu'il s'agit de trois cadavres. Ces corps à moitié nus, indifférents désormais aux rafales glacées qui fouettent leur peau, sont entassés là, comme s'il s'agissait d'un vulgaire tas de terre ou de charbon. Même les rondins de bois sont mieux disposés, remarque Teresa.

Le conducteur de l'attelage s'arrête enfin. Après avoir ouvert la cage, il pousse sa prisonnière vers une étroite plateforme suspendue au-dessus d'un puits de mine. Autour d'elle se trouvent une dizaine d'esclaves en haillons. D'un geste, un contremaître donne l'ordre de relâcher la chaîne. Les détenues sont aussitôt happées par le vide. Celles, comme Teresa, qui plongent pour la première fois vers les profondeurs de la terre se cramponnent aux garde-fous fixés autour de la nacelle.

– Que fait-on maintenant ? interroge-t-elle, une fois que la nacelle a touché le sol.

L'obscurité est totale. Le silence aussi. Nul n'ose bouger.

– Attendez, dit l'une des femmes à voix basse, ce n'est jamais très long.

L'écho d'un bruit de pas leur parvient aux oreilles, bientôt suivi d'éclats de voix. Deux gardes, tenant chacun une lampe à la main, leur demandent de les suivre. Le petit groupe s'engage dans une galerie creusée à même la terre noire dont les parois sont consolidées par des planches, soutenues de loin en loin par des piliers. Après plusieurs minutes, les deux hommes s'arrêtent. D'un geste, l'un d'eux désigne aux captives des outils au sol. Avant de s'éloigner, il leur indique la paroi qu'elles creuseront pour en extraire le charbon qu'elles chargeront à l'intérieur de wagonnets.

Quand elles sont seules, les plus anciennes commencent par se dévêtir jusqu'à la taille.

– Que faites-vous ? demande Teresa.

– On va rester ici des mois avant d'être rendues à nos propriétaires ; les loques que nous portons ne résistent pas à ce travail. Mieux vaut s'en débarrasser dans la journée et avoir quelque chose à se mettre sur le dos pour dormir.

– Mais… les hommes, quand ils reviendront ?

– Ne t'inquiète pas pour ça. Aucun n'aura l'envie de nous

prendre de force ; regarde comme nous sommes maigres, sales…

Sans un mot, Teresa se déshabille puis commence à attaquer la paroi. Parmi la terre meuble, elle dégage de grands blocs d'un charbon poreux et légèrement huileux. Aux crissements du métal sur la surface rugueuse, vient s'ajouter de loin en loin le craquement des planches qui retiennent la terre au-dessus de sa tête. Très vite, l'air se réchauffe et les peaux nues autour d'elle se mettent à luire dans la lumière de la lampe. Telles les danseuses d'un ballet lugubre, les captives lèvent leur outil au-dessus de leur tête et le rabattent en cadence, dessinant un jeu d'ombres et de lumières sur les parois de la galerie.

Cham

Après avoir chevauché deux jours entiers depuis l'une de ses propriétés au nord de Charlottesville, John Hewell discerne à l'horizon les contours de la petite ville de Franklin. Moins d'une heure plus tard, il pénètre dans sa rue principale. C'est jour de marché. Sa monture se fraie un chemin au milieu des étals de marchands de légumes, de patients qui font cercle autour d'un dentiste ambulant et de vendeurs de bestiaux qui négocient chaque tête de bétail avec des éclats de voix.

Indifférent au bourdonnement du peuple qui grouille autour de lui, et auquel il n'entend pas se mêler, John H. arrête cependant son attention sur un tout jeune garçon qui joue de l'accordéon devant la boutique d'un apothicaire. L'homme tire alors sur ses rênes et s'approche du musicien. Il écoute un instant sa mélodie, l'esprit absorbé dans une rêverie, avant de jeter quelques pièces dans le chapeau posé à ses pieds.

Si le chasseur d'esclaves se trouve dans cette bourgade ce jour-là, c'est qu'une semaine plus tôt l'un de ses hommes lui a remis une missive l'avertissant que le marshal de la petite ville de Franklin venait d'arrêter un certain Cham

Bailey, sur lequel pesaient plusieurs accusations. Un juge fédéral avait été prévenu dans la foulée et le procès devait se tenir ce matin-là dans la salle communale.

En pénétrant dans la pièce qui, au cours de l'année, ouvrait aussi bien ses portes aux membres du conseil municipal, aux invités d'un bal ou à une cour de justice, John H. cherche des yeux l'accusé pour s'assurer qu'il s'agit bien de l'homme qu'il a rencontré un mois plus tôt en compagnie de Teresa March. Mais il y a foule autour de lui ; il doit jouer des coudes au milieu de femmes encombrées de cabas débordant de provisions et d'éleveurs venus se divertir entre deux affaires conclues.

En atteignant enfin le premier rang, réservé aux acteurs du procès, John H. constate que les places sont restées libres : nul avocat ni témoin, autre que lui-même, ne s'est déplacé ce jour-là. Sans s'en étonner un seul instant, il prend place sur une chaise avant de chercher le regard de Cham. Les mains liées dans le dos, l'accusé finit par se tourner vers le chasseur d'esclaves avant de baisser aussitôt les yeux. Il n'a plus rien de cet affranchi qui chevauchait vers le Nord, pensant alors trouver du travail comme menuisier et gagner enfin sa vie en homme libre. À la suite de sa capture, puis des mauvais traitements reçus en détention, sa volonté semble éteinte, ses lèvres sont fendues, boursouflées, l'une de ses paupières reste close tandis qu'il ne parvient pas même à se souvenir à quelle occasion il a croisé l'homme, assis à quelques pas de lui, qui vient de le dévisager.

Les adjoints du marshal demandent soudain le silence. L'instant suivant, les habitants de Franklin découvrent la silhouette du juge qui prend place derrière le bureau posé sur une estrade. Il s'agit d'un petit homme rond, d'une soixantaine d'années, qui s'est avancé vers son fauteuil sans prendre la peine de regarder le public ni même l'accusé. Une fois assis, il chausse de petites lunettes et parcourt brièvement le document d'accusation en lisant à voix basse certaines phrases. Sa lecture achevée, il saisit son marteau et frappe un coup sec pour signifier que les débats sont ouverts.

– Monsieur…, dit-il alors d'une voix hésitante avant de laisser peser un long silence.

Incapable de se souvenir du nom de l'accusé qu'il vient de lire l'instant plus tôt, le juge reprend alors en main son document. Après avoir de nouveau marmonné quelques mots, il poursuit d'une voix plus assurée :

– Monsieur Cham Bailey, veuillez vous présenter à la barre.

L'affranchi, dont personne n'a pensé à dénouer les liens qui entravent ses poignets, se lève difficilement. Il fait quelques pas avec une lenteur infinie et s'arrête devant le juge qui, le nez de nouveau penché sur sa feuille, continue sa lecture :

– Vous êtes accusé d'avoir aidé une esclave en fuite et d'avoir tiré sur le plaignant, ici présent, tandis qu'il avait en sa possession un mandat de recherche au nom de Teresa March. Qu'avez-vous à dire pour votre défense ?

Cham ne répond pas tout de suite. Dévoré par la faim et la soif, privé de sommeil depuis des jours, il prend lentement conscience de la gravité des faits qui lui sont reprochés. Il se contente alors de lever la tête vers son interlocuteur.

– Veuillez répondre ! lance le juge qui s'agace de son silence.

– Je me souviens en effet avoir partagé mon repas avec une jeune femme… puis je lui ai donné ma couverture pour la nuit.

– Reconnaissez-vous également avoir tiré sur un homme ?

– C'est impossible… J'ai été esclave la plus grande partie de ma vie, je n'ai jamais tenu la moindre arme entre mes mains… J'ignore même si je saurais m'en servir…

– Ce sera tout, intervient le juge. Greffier, veuillez consigner que M. Bailey reconnaît avoir nourri et protégé une esclave en fuite, se rendant de fait complice de son évasion. La parole est maintenant à l'accusation.

Hewell se redresse très calmement. La foule observe le témoin en silence, curieuse d'entendre s'exprimer cet inconnu portant costume, gilet et montre à gousset. Ce dernier dépose soigneusement sur sa chaise le chapeau et le manteau qu'il tenait en main et se dirige vers le juge. Une fois à sa hauteur, il lui remet plusieurs documents avant de reculer de quelques pas.

– Votre honneur, voici les témoignages des hommes qui m'accompagnaient ce jour-là. Tous affirment sous serment que l'accusé a fait plusieurs fois usage de son arme avant de s'enfuir.

– Reconnaissez-vous formellement l'individu assis sur le banc des accusés, monsieur Hewell ?

– Oui, il s'agit bien de lui.

– Bien, ce sera tout. Vous pouvez regagner votre place.

Pendant que le juge consulte un à un les documents déposés sur son bureau, John H. revient vers sa chaise.

Puis, à la surprise du public, au lieu de s'asseoir, il reprend ses affaires et se dirige vers la sortie.

Au moment où il franchit la porte de la salle communale, il entend dans son dos la voix du juge suspendre la séance afin de rédiger sa sentence. Mais Hewell connaît suffisamment ce genre de procès pour savoir qu'il ne s'agit là que d'une mise en scène destinée à rendre la justice telle que la souhaitent les grands propriétaires terriens. Cham Bailey sera condamné à mort. Cela ne fait aucun doute pour personne, excepté peut-être pour l'accusé chez qui l'espoir est le dernier à s'éteindre. La seule incertitude qui persiste concerne la date à laquelle il sera pendu : le soir même ou bien durant le prochain jour de marché, sous les yeux des habitants de la ville et des alentours.

Lorsque le chasseur d'esclaves s'apprête à remonter en selle, il entend le marshal l'interpeller :

– Vous nous quittez déjà, monsieur Hewell, sans attendre le verdict ?

– Oui, j'ai encore un long chemin devant moi. Je dois récupérer une fugitive que j'ai laissée s'épuiser au fond d'une mine de charbon. Il est temps de la ramener à son propriétaire. Il vaut mieux les rendre vivants : la prime est plus élevée et le spectacle qui suit est toujours un succès.

À l'air libre

À un peu plus de cent lieues de là, sous la surface de la terre, Teresa n'est plus que souffrance. Ses bras maigres, prolongés par le pic qu'elle tient en main, lui semblent les pattes d'un monstre aux doigts griffus occupé tout le jour à ronger la terre. Si elle ne ménage pas ses efforts, c'est qu'elle espère mourir simplement de fatigue, comme beaucoup de ses compagnes ayant su tromper les chasseurs d'esclaves qui n'avaient plus alors qu'un corps à ramener à leurs propriétaires, ainsi privés du plaisir sordide de les faire périr en public.

La nuit venue, étendue sur sa paillasse, la jeune femme joint ses mains sur son ventre avant de s'endormir. Au matin, quand elle s'aperçoit qu'elle a conservé cette position durant son sommeil, elle comprend alors ce qui lui donne secrètement la force de survivre : cet enfant qui grandit en elle depuis sa rencontre avec Cham.

Elle devra désormais épargner ses forces. Ses doigts maintiennent moins fermement le pic, ses coups dans la roche sont moins appuyés. À chaque instant, elle se tient prête à s'enfuir, persuadée qu'elle saura saisir la moindre occasion qui se présentera à elle : une galerie qui s'effondre, l'absence prolongée d'un garde.

Mais les jours se succèdent et sa résistance atteint ses limites. Un matin, elle sent qu'elle deviendra bientôt incapable du moindre effort. Une heure plus tard, elle ne parvient plus à soulever le pic au-dessus de sa tête. Ses jambes se mettent à trembler et elle s'effondre au sol. À celle qui tente de la relever, elle n'a que le temps de murmurer qu'il est trop tard pour elle.

Peu après, tandis qu'elle perçoit le pas d'un contremaître qui vient dans sa direction, elle a la présence d'esprit de se mordre la langue avec une rage féroce. Alors, au moment où la silhouette se penche au-dessus d'elle, elle mime un spasme, recrache du sang et s'immobilise, comme morte, les yeux grands ouverts. Après un mouvement de recul, l'homme ne prend pas même le temps de vérifier si elle est encore en vie ; il la traîne par les bras sur quelques mètres pour la déposer dans l'un des wagonnets de charbon.

À demi-consciente, Teresa perçoit bientôt le bruit d'une poulie au-dessus d'elle. La première lueur qu'elle voit se dessiner au sommet du puits est un croissant de lune. La nuit jouera en sa faveur. Quand la nacelle s'immobilise, elle sent un souffle puissant qui descend des montagnes. Elle se retient de gonfler ses poumons pour aspirer cette fraîcheur vive. Elle s'efforce de rester figée lorsque, à la lueur d'une lampe à pétrole, deux hommes la saisissent par les poignets et les chevilles. Après avoir fait quelques pas, ils la jettent parmi d'autres corps étendus dans la boue.

Teresa reste longtemps couchée sur la poitrine nue d'un esclave. Bien que la nuit soit épaisse et le charnier à bonne distance des gardiens, elle fait d'immenses efforts pour maîtriser ses membres secoués de frissons. Puis, après avoir concentré son attention sur chaque bruit autour d'elle, elle rassemble le peu d'énergie qui lui reste et se laisse glisser d'un corps à l'autre avant de ramper sur la terre meuble.

L'obscurité est froide et venteuse. Les bourrasques qui agitent les toiles de tentes dressées autour du puits de mine couvrent sa fuite. Malgré cela, il faut encore plus d'une heure à la fugitive pour parcourir la centaine de mètres qui la sépare des limites du campement. Alors, quand elle juge qu'elle s'est suffisamment éloignée de ses gardiens, elle se redresse et s'enfonce dans la forêt.

Là, elle se met à dévorer tout ce qui lui paraît comestible, herbes sauvages, insectes, avant de se désaltérer en pressant au-dessus de sa bouche de pleines poignées de mousse gorgée de pluie. Puis elle marche vers le nord, sans jamais quitter le bois dont la végétation particulièrement dense interdit l'accès à tout homme à cheval.

Lorsque le jour se lève, la fugitive ne s'est assoupie que par intervalles, s'adossant à des arbres pour reprendre son souffle, ne fermant les yeux que le temps de se laisser gagner par de mauvais rêves qui la font se redresser d'un bond. La jeune femme est décidée à ne plus se laisser prendre vivante. À la moindre alerte, face à la silhouette d'un chasseur d'esclaves, elle se donnera la mort plutôt que d'être capturée avec l'enfant qu'elle porte.

Pendant plusieurs semaines, en marge des villes et des villages, Teresa vit de braconnage, de cueillette et de rapines, jusqu'à ce que ses pas la conduisent un soir à l'orée d'une forêt marécageuse. Certaine qu'aucun homme à sa poursuite ne s'aventurerait jamais dans une zone aussi inhospitalière, elle entre dans l'eau stagnante jusqu'à mi-cuisses. Ses pieds nus s'enfoncent dans la vase tandis que ses jambes ouvrent un chemin d'eau parmi le tapis de feuilles qui flotte en surface. À mesure qu'elle gagne l'intérieur du marais, une brume enveloppe la végétation, réduisant sans cesse l'horizon autour d'elle.

Peu avant la nuit, Teresa met enfin le pied sur une petite île qui s'élève à moins d'un mètre au-dessus de l'eau. Les zones de sables mouvants y sont autant de dangers mortels ; malgré cela, elle s'y sent enfin en sécurité et se couche à même la tourbe. Son regard s'égare un instant dans l'entrelacs de branches qui se dessine dans la canopée et, pour la première fois depuis qu'elle a pris la fuite, elle dort d'une traite jusqu'au matin.

La traque

Lorsqu'il apprend l'évasion de Teresa March, John Hewell n'esquisse pas le moindre signe de dépit. Il tourne aussitôt les talons et sort en silence de la tente des contremaîtres. Nulle colère intérieure ne bout en lui. Au contraire. Et quand il se dirige vers son cheval et s'apprête à monter en selle, un sourire discret se dessine sur ses traits. C'est l'expression d'un prédateur que rien ne réjouit autant que de suivre la trace d'un fugitif. Depuis qu'il fait ce métier, il a toujours préféré les proies les plus rusées, les plus obstinées, aux vulgaires fuyards qui partent sur un coup de tête et marchent vers l'inconnu. Et au moment où il se lance sur la piste d'une jeune esclave capable de feindre la mort pour s'échapper d'un puits de mine, il la juge digne des efforts qu'il fera pour la retrouver.

Avant de monter en selle, il observe longuement le paysage tout autour de lui. Puis, mû par son instinct, il s'élance vers le nord-est, déjà décidé à contourner le bois qui ferme l'horizon.

Après avoir chevauché une demi-journée, il aperçoit une ferme isolée et se dirige vers la silhouette d'une femme qui nourrit des bêtes dans la cour. Une fois à sa hauteur, il la salue d'un geste et lui demande :

– Vous a-t-on volé quelque chose ici ces jours-ci ?

– Ah oui ! répond aussitôt son interlocutrice d'une voix qui trahit la colère : une chemise neuve de mon mari qui séchait sur un fil, des œufs, des légumes, du grain...

– Vous avez aperçu quelqu'un ?

– Pensez-vous ! Il est venu en pleine nuit, et ce maudit chien, qui grogne pourtant au moindre bruit, l'a laissé faire.

John H. ne répond rien. Il scrute l'espace autour de lui puis essaie de se fondre dans l'esprit de Teresa, jusqu'à deviner ses moindres faits et gestes, ressentir ses émotions, ses espoirs, et finir par penser comme elle. Il la voit alors tapie dans un fossé, au soir tombé ; elle attend que la nuit soit avancée pour se glisser jusqu'à la propriété. Lorsqu'elle se trouve à portée de voix de la grange, un chien se met à aboyer. Peu après, une lueur apparaît à l'étage de la demeure. Teresa perçoit le bruit d'une fenêtre qui s'ouvre. Étendue parmi les herbes hautes, elle se met à psalmodier un chant singulier, dans une langue inconnue. Le chien tend l'oreille, sensible à ces sonorités gutturales dont le rythme devient lentement hypnotique. L'animal laisse échapper une plainte assourdie avant de s'étendre, ventre à terre, les oreilles toujours dressées en direction de l'intruse. Plusieurs minutes s'écoulent. La fenêtre se referme. Alors, Teresa rampe vers le chien. Une fois à sa hauteur, elle murmure encore quelques mots à son oreille puis pose sa tête contre la sienne jusqu'à ce qu'il se rendorme. Peu après, elle s'introduit dans l'étable, boit du lait à même le pis des vaches, puis fait le tour de la propriété, dérobant des œufs, du grain ainsi qu'une chemise d'homme qui sèche sur un fil.

– Je te vois, dit-il en s'adressant à Teresa comme si elle se trouvait devant lui, je te devine, tu ne m'échapperas pas.

Puis il repart vers le nord-est, sûr de la direction prise par sa proie. En fin d'après-midi, il s'arrête enfin aux abords des marais. Conscient qu'il lui sera impossible de fouiller une telle zone, il murmure une fois encore pour lui-même.

– Tu finiras bien par ressortir un jour. Alors, je serai là...

Plusieurs mois se sont écoulés. Teresa n'a pas quitté son refuge. Elle s'est habituée à la puissante odeur de végétaux en décomposition et a cessé de s'étonner de n'y jamais ressentir le moindre souffle quand les nuages défilent au-dessus des cimes, comme si le vent lui-même n'osait pénétrer dans ces lieux. Si elle a apprivoisé la faune et sait désormais éviter les pièges tendus par les vases, elle n'a pu échapper à la fièvre des marais au moment où sa grossesse touche à son terme.

Son état de santé s'aggrave de jour en jour ; si elle parvenait à mettre son enfant au monde, le mal dont elle souffre ne lui permettrait jamais de l'élever seule. Voilà comment la jeune femme se résout un matin à revenir vers les terres habitées. Le soir même, en sortant des marécages, elle repère une ferme isolée.

Teresa a entendu parler du chemin de fer clandestin. À la tête de ce réseau se trouvent principalement des Quakers, des êtres pénétrés de foi chrétienne mais que rien dans leur apparence ne distingue des autres citoyens. Ainsi, alors qu'elle traverse un champ de céréales fraîchement moissonné pour atteindre la bâtisse, elle s'en remet à la seule Providence. Son unique ressource, pour elle et son enfant à naître, est d'espérer que cette ferme soit ce que les Quakers appellent une gare, où transitent parfois des esclaves en fuite.

La cour est déserte. Aucun bruit ne provient de la grange ni des écuries. Pas un souffle de vent ne soulève l'air chaud de ce soir d'été. À bout de forces, Teresa se dirige vers la porte de la ferme et frappe deux petits coups.

Une femme d'une quarantaine d'années vient lui ouvrir tandis qu'une odeur de cuisine s'échappe de la pièce. La fugitive ne prononce pas un mot. Les yeux de la maîtresse de maison descendent alors sur l'arrondi de son ventre qui se dessine sous une chemise d'homme lui arrivant aux genoux.

– Mais tu es sur le point d'accoucher, ma pauvre fille.

L'instant d'après, Teresa perd connaissance. Quand elle reprend ses esprits, elle est étendue sur un lit ; le visage rond de son hôtesse est penché vers elle :

– Tu pourras rester ici le temps de donner naissance à ton enfant. Après ça, nous te conduirons vers le Nord…

La jeune femme ne trouve pas le temps de répondre. Un spasme vient de la secouer. À la douleur qu'elle éprouve s'ajoutent les frissons qui courent sur son corps. La propriétaire l'aide du mieux qu'elle peut, tout en plaquant un linge sur ses lèvres lorsque la souffrance lui arrache des cris.

– Je sais que tu as mal, mais il ne faudrait pas que ta voix alerte le garçon de ferme qui vit de l'autre côté de la cour. Il n'est à mon service que depuis un mois, je le connais mal…

Ce n'est que vers midi que l'enfant vient au monde. Un garçon que sa mère serre un instant contre sa poitrine. Juste avant de perdre à nouveau connaissance, elle lui donne le nom de Madison.

Une semaine s'écoule. Teresa, en proie au mal des marais, ne reprend conscience que quelques minutes par jour. À cette occasion, elle tient des propos décousus dans lesquels elle prédit la venue d'un étranger. Son hôtesse ne tient pas compte de ces paroles qu'elle attribue à la fièvre. Elle s'occupe nuit et jour du nourrisson et fait son possible pour que ses cris n'alertent pas son employé lorsqu'il rentre des champs.

Dix jours après la naissance, alors que la jeune mère est au plus mal, la propriétaire entend le galop d'un cheval. Elle s'approche de la fenêtre et aperçoit un cavalier dans la cour. Elle remarque aussitôt ses vêtements, qu'elle juge particulièrement élégants pour un homme qui parcourt une région de forêts et de marais. À peine arrivé, celui-ci est accueilli par le garçon de ferme, auquel il remet aussitôt un billet. Puis, sur un signe de ce dernier qui lui désigne la demeure, le cavalier met pied à terre et entre sans même frapper à la porte.

– Qui êtes-vous ? Qui vous a autorisé à pénétrer chez moi ?

– Ne perdons pas de temps. Je sais que tu caches une fugitive. Dis-moi où elle se trouve et tout se passera bien… Pour toi, du moins.

L'instant d'après, l'homme se dirige vers l'une des chambres. Tout en marchant, il prend en main un carnet comportant les descriptions d'esclaves en fuite ; mais à peine a-t-il aperçu le visage de celle qui est étendue devant lui qu'il le range dans sa poche :

– C'est bien ce que j'espérais… Comme on se retrouve…

Puis, à la manière d'un médecin, il examine le corps de la jeune femme. Sa peau est brûlante, son souffle faible, son pouls irrégulier.

– Elle ne survivra jamais au voyage, dit-il pour lui-même. Pas la peine de m'encombrer avec elle. Mais je ne serai pas venu pour rien. Si son fils est de la trempe de sa mère, il vaudra un jour un bon prix.

Il se retourne alors vers la femme qui presse le nourrisson contre sa poitrine.

– Tu t'es rendue coupable d'avoir caché une esclave en fuite, il s'agit d'un crime. Mais je suis prêt à oublier les charges qui pèsent sur toi si tu acceptes de m'accompagner pour t'occuper de l'enfant.

Une semaine plus tard, le 26 juillet 1820, John Hewell vendra le nourrisson à un certain Theodore Washington, le propriétaire d'une plantation de tabac.

Susan

– Ferme les yeux, Madison, me lance Susan dans un petit rire.

Aussitôt après, elle court se cacher.

Le camp est désert. Les nourrissons eux-mêmes sont aux champs. Leurs mères travaillent en les serrant contre elles dans un pan de tissu. Les enfants plus âgés aussi ont rejoint leurs parents, ils apprennent à récolter les feuilles de tabac, un travail qu'ils poursuivront toute leur vie. Il n'y a guère qu'à cinq ou six ans que nous sommes encore libres d'aller et venir dans le domaine.

Je fais le tour des cases désertes, je marche sur la pointe des pieds, je retiens mon souffle puis j'ouvre grand une porte. Personne. Tout comme la suivante. Le temps s'étire et je tremble maintenant pour elle.

– Susan !

Elle ne répond pas. Je l'imagine en danger. Je redoute qu'elle soit tombée sur Joshua Parker, le commandeur, un colosse d'une brutalité inouïe. Parker est un ancien esclave chargé de surveiller le domaine. Il nous terrorise. Lorsque nous apercevons sa grande carcasse sur son cheval, nous nous volatilisons aussitôt. Les femmes aussi le craignent.

Parfois, il les force à venir chez lui. Alors, on les entend crier, puis ressortir toutes seules en se rhabillant, le plus souvent en pleurs.

J'entre dans une nouvelle case quand j'entends le petit rire de Susan derrière la porte. Je me précipite vers elle mais, par jeu, elle cherche à m'échapper. Je l'attrape par le bras, nous roulons un instant sur une natte posée au sol avant de repartir en courant.

Près de dix ans ont passé depuis cette époque.

Ma journée de travail s'achève. Nous sommes une cinquantaine d'hommes et de femmes de tout âge à revenir vers le camp derrière le cheval de Joshua Parker. En arrivant à hauteur des premières cases, je cours vers celle de Susan. Elle est vide. Je l'attends longuement, la sachant occupée. Lorsqu'elle revient enfin de la demeure du maître, dans sa robe pourpre, elle se jette dans mes bras. Plus loin, la veillée des esclaves touche à sa fin.

– Viens, allons les rejoindre, lui dis-je en lui prenant la main.

– Tu sais que je n'aime pas ça.

– Essayons encore, peut-être qu'ils finiront par t'accepter…

– Non, Madison, c'est chaque fois pareil : ils se taisent dès qu'ils m'aperçoivent.

– Tu resteras contre moi et…

Je n'ai pas achevé ma phrase que Susan, avec la grâce qu'elle avait enfant, se met à courir vers le parc de la demeure du maître. Je m'élance derrière elle, et, une fois sur place, je la cherche dans l'obscurité. C'est elle qui surgit alors dans mon dos, passant ses bras autour de moi avant que nous ne roulions à terre. Nous restons longtemps ainsi, silencieux, les yeux dans les étoiles.

– Tu n'as pas entendu ? demande-t-elle tout à coup en se redressant.

– Non, ce n'est rien, ça vient de la veillée.

Susan n'est pas une esclave comme une autre. Avant sa naissance, sa mère Henriette a été un temps la maîtresse de Theodore Washington. De cette union est née une mulâtresse dont nul n'ignorait qui était le père, même si ce sujet n'était jamais abordé en public. Dès l'âge de neuf ans, Susan s'est mise à travailler dans la demeure des propriétaires, comme aide gouvernante tout d'abord, puis comme servante personnelle de Margareth, la fille du maître, dont elle était la demi-sœur. Chaque jour, elle boutonnait et déboutonnait ses robes, elle la coiffait, lavait et repassait ses vêtements ; parfois, elle l'accompagnait en ville, portait ses achats en maintenant une ombrelle au-dessus de sa tête. Le soir, une fois sa jeune maîtresse endormie, Susan regagnait le camp des esclaves, où sa case était la plus proche de la demeure des maîtres. Mais, à tout moment, elle pouvait être appelée dans la maison. Si Margareth avait besoin de quoi que ce soit en pleine nuit, il lui suffisait de faire quelques pas jusqu'à son balcon d'où elle agitait une clochette.

Susan s'étend à nouveau contre moi. Mais elle reste aux aguets. Autour de nous, le silence est seulement troublé par le chant lointain des esclaves et par des bruits discrets qui descendent de la maison, dont les lumières dans les étages s'éteignent à présent une à une.

– Voilà, tu es rassurée, ils dorment tous là-dedans… Tu es tranquille jusqu'à demain.

Susan me répond par un sourire avant de poser ses lèvres sur les miennes. Le statut particulier dont elle jouit a toujours fait d'elle un être à part. Rejetée par les esclaves, car elle appartient selon eux à la famille du maître, Susan n'est pourtant pas considérée par les maîtres comme davantage qu'une esclave. Voilà comment, au fil des ans, elle est devenue cet être solitaire, parlant peu, se déplaçant dans les deux mondes qu'elle hante comme une ombre que l'on remarque à peine.

Être ainsi méprisée par les communautés qu'elle côtoie chaque jour aurait pu affecter son caractère. Elle aurait pu s'assombrir et n'afficher partout qu'un visage résigné. Cependant, tout en elle donne l'apparence de la bienveillance. Ses grands yeux candides semblent ceux d'un enfant, et, quel que soit l'ordre qui lui est donné, quelle que soit l'heure à laquelle on l'appelle, elle se montre d'humeur égale. Quant aux véritables sentiments qu'elle éprouve à l'égard de ses maîtres, nul ne peut se vanter de les connaître. Mais je ne crois pas me tromper en affirmant qu'elle endure alors avec une force admirable les humiliations qu'elle subit chaque jour, et qu'au fond d'elle-même elle ne ressent que du mépris, sans doute même de la haine, pour chacun des membres de la famille qu'elle sert depuis toujours.

Cette même nuit, couché dans l'herbe rase, sa main dans la mienne, je lui glisse soudain :

– Et si je m'enfuyais… Je gagnerais les États du Nord, je travaillerais et réunirais suffisamment d'argent que je confierais à quelqu'un qui rachèterait ta liberté.

– Chaïn, tu sais bien que c'est impossible…

Ce nom, par lequel elle vient de m'appeler, c'est le mien. Le plus intime que je porte, et que Susan ne prononce que dans les moments particulièrement graves ou intimes. Madison n'est que mon nom officiel, celui que crie le commandeur, celui sous lequel j'appartiens à un homme qui a le droit de vie et de mort sur moi. Mais tous les esclaves s'attribuent secrètement des surnoms, inconnus des propriétaires, et que nous ne faisons que murmurer depuis l'enfance dans le secret d'une case.

– Certains ont pourtant réussi…

– Qu'en sais-tu ? Peut-être ont-ils été tués en chemin. En tout cas, la plupart ont été ramenés ici…

Comme elle, tout au long de notre vie, j'avais été forcé d'assister au traitement réservé aux fugitifs rattrapés par des chasseurs d'esclaves ; j'avais vu des hommes et des femmes agoniser sous une potence, j'avais senti l'odeur des corps calcinés, exposés des jours entiers en plein soleil. Pourtant, cette nuit-là, je m'entends prononcer ces phrases, venues du plus profond de mon âme, comme étrangères à moi-même.

– Un jour pourtant, je partirai. Notre vie n'est pas là.

Noces rouges

Cinq nouvelles années ont passé depuis cette conversation. Je me trouve ce soir-là dans la case de Susan. Elle est vêtue d'une robe blanche tandis que je porte mes vêtements de travail, un pantalon et une chemise de toile, les seuls que je possède. Pour l'occasion, je les ai lavés à grande eau, puis étirés sur moi pour en effacer les plis.

– Le voilà, dit-elle en regardant par la fenêtre.

Je me penche au-dessus de son épaule et aperçois un petit homme d'une cinquantaine d'années aux traits secs. Il marche vers la case de Susan de mauvaise grâce.

C'est la première fois que le pasteur Bicock pénètre dans cette partie-là de la propriété. Quelques jours plus tôt, Theodore Washington, à la table duquel il dîne chaque semaine, lui avait demandé de bien vouloir faire un détour par le camp, juste avant le repas, pour marier deux de ses esclaves. L'homme d'Église répugnait à se mêler à nous ; mais il ne pouvait refuser ce service au plus riche des paroissiens de la petite ville dont dépendait le domaine.

Comme Susan dessine un sourire sur ses lèvres en m'entraînant vers lui, le pasteur nous toise puis finit par lâcher :

– C'est vous ?

– Oui.

– Alors ne perdons pas de temps ! Entrons dans votre case et finissons-en.

En découvrant la pièce vide, l'homme se retourne vers nous et demande :

– Il n'y a personne ?

– Non, lui dis-je, aucun des nôtres n'a souhaité assister à la cérémonie.

– *Cérémonie*, répète alors le pasteur en esquissant un rictus, c'est un bien grand mot. Je suis attendu chez votre maître pour le repas, alors dites-moi seulement si vous consentez à prendre cette jeune personne pour épouse.

– Oui, j'y consens.

– Et vous, consentez-vous à prendre cet homme pour époux ?

– Oui, je le veux.

– Dans ce cas, je vous déclare mari et femme.

Le pasteur esquisse alors un signe de croix et se dirige déjà vers la sortie. Il n'est pas resté à l'intérieur plus d'une minute.

L'instant d'après, tandis que je vois l'homme disparaître d'un pas pressé, je croise le regard de Joshua Parker. Le colosse se tient immobile, à dix pas de la case. Voilà trois ans au moins que Parker désire Susan. Mais le statut particulier dont elle jouit dans la propriété lui interdit de la traiter comme toutes les femmes qui travaillent sous ses ordres, et parmi lesquelles, de jour comme de nuit, il se sert au gré de ses envies. Depuis des mois, il la suit du regard, rôdant même le soir autour de chez elle, dès qu'une bougie brûle à l'intérieur.

Le commandeur n'ignore rien de ce qu'il vient de se passer à l'intérieur de la case et me dévisage avec une expression de haine qu'il n'essaie pas de contenir. À cet instant précis, je comprends ce qu'il ressent : ne pouvant posséder Susan, il s'est longtemps consolé en se disant qu'elle n'appartenait à personne. Mais ce n'est plus le cas aujourd'hui.

Dès le lendemain, tandis que nous marchons vers les champs, je le vois tirer sur les rênes de sa monture et attendre que je parvienne à sa hauteur. Alors, lorsque je ne suis plus qu'à un pas de lui, il me crache dessus et, sans même avancer un motif de châtiment, il lacère mon dos d'un coup de fouet.

Je devine aussitôt que ce n'est qu'un début. Et, moins d'une heure plus tard, alors qu'il avance à pied parmi les rangées de plants de tabac, il se met à me rouer de coups de poing qui me précipitent au sol, le visage en sang, à demi-conscient. Près d'une heure plus tard, je l'entends qui revient vers moi :

– Relève-toi, me dit-il en empoignant ma chemise.

Chancelant sur mes jambes, alors que je tente de reprendre mon travail, il ajoute :

– Tu resteras ici après le coucher du soleil pour rattraper le temps que tu viens de perdre.

Puis, le soir venu, tandis qu'hommes et femmes rentrent vers le camp, il me lance :

– Tu as de la chance, la lune est claire…

Dans les jours et les semaines qui suivent cette nuit-là, Joshua Parker ne cesse de me harceler. Après les privations de sommeil, après les coups, il trouve désormais le prétexte le plus futile pour m'interdire de prendre mon repas à la mi-journée. Durant deux mois, je ne mange plus que le soir. J'ignore encore s'il a l'intention de me tuer ou bien s'il entend simplement me détruire, moralement et physiquement, afin que je devienne incapable d'aimer Susan.

Aux champs, à mesure que mes forces déclinent, je ne peux compter sur l'aide ni sur la compassion de celles et ceux qui travaillent autour de moi. Depuis peu, je suis devenu à mon tour un étranger dans le camp où j'ai grandi. Marié à Susan, j'en ai épousé le statut : on se méfie de moi désormais, on ne m'adresse plus la parole, craignant qu'un propos, un geste, un secret partagé par les esclaves, n'arrivent aux oreilles du maître. Ainsi, au plus fort du soleil, lorsqu'un vertige me fait mettre un genou à terre, m'obligeant à délaisser ma tâche un instant, personne n'a le moindre regard pour moi. Nul ne prend le temps de me relever ni de dissimuler ma faiblesse au commandeur. Incapable de reprendre mes esprits, ivre de fatigue, je sens alors les mains surpuissantes de Joshua Parker saisir mes poignets et me traîner derrière lui. Il s'arrête devant un arbre autour duquel il me ligote. Si je tiens debout, ce n'est que grâce aux liens qui me maintiennent contre le tronc. C'est dans cet état que je ressens la morsure du fouet qui déchire mon dos. La lanière de cuir s'enroule autour de moi, elle vient mordre mes joues, mon cou, mes côtes. Je suis incapable de dire combien de sillons s'ouvrent ainsi dans ma peau. Je ne suis plus qu'une douleur, un corps vidé de volonté.

Ce soir-là, couché à plat ventre sur ma natte, je lâche dans un demi-sommeil :

– S'il continue, je ne survivrai pas…

La voix nouée, Susan me répond dans un murmure :

– Il n'arrêtera pas tant qu'il ne m'aura pas possédée.

Deux esprits

Un calme profond enveloppe la propriété. Pas un souffle d'air n'entre par la fenêtre ouverte. Je sors pour observer le ciel nocturne, je goûte à cette paix profonde.

Je ne veux pas réveiller Susan. Elle apprendra mon évasion bien assez tôt. Elle sait que je la ferai libérer dès que j'aurai réuni la somme nécessaire au rachat de sa liberté. Je reviens un instant à l'intérieur de la case, je la regarde une dernière fois, plus intensément que jamais. Elle se met à bouger dans son sommeil. Elle laisse échapper quelques mots que je ne saisis pas, comme si elle comprenait ce qui se joue cette nuit. Si je la réveillais pour lui dire que le moment était enfin venu, je n'aurais plus le courage de partir. Ses grands yeux candides me dévisageraient et, sans un mot, elle m'enchaînerait à elle d'un simple regard.

Je marche maintenant dans la nuit. C'est la chose la plus naturelle au monde. Je m'y suis préparé. Moi qui ai cherché ce courage pendant toutes ces années, je n'ai nul besoin d'en appeler à lui. C'est comme si quelqu'un m'accompagnait. Je ressens une présence à mes côtés ; elle me guide. La lune est ronde et le ciel libre de tout nuage bas ; ce n'est pas le meilleur moment pour prendre la fuite mais je ne peux qu'obéir à ce sentiment venu du plus profond de moi-même, et qui semble ignorer la peur.

À peine ai-je franchi les limites du domaine que l'image de John H. s'impose à moi. Je n'ai jamais croisé ce chasseur d'esclaves mais sa réputation n'est plus à faire dans la région ; chaque propriétaire, apprenant au matin que l'un de ses hommes a pris la fuite, fait aussitôt appel à lui. Étrangement, j'ai l'impression de le connaître. Je saurais identifier ses traits comme si son image m'avait été transmise par ma mère et mon père avant de mourir. Pour lui échapper, je m'apprête à courir vers le nord jusqu'à l'épuisement, mais ce même instinct, qui m'a demandé de partir cette nuit, m'intime l'ordre de rester à proximité de la propriété.

Le jour s'est levé. Plusieurs heures se sont écoulées depuis mon départ et je demeure toujours à quelques centaines de mètres du domaine, tapi dans le sous-bois, couché sous un lit de feuilles mortes. Je reste immobile. De ma position, j'entends le galop des chevaux. J'aperçois des nuages de poussière s'élever du sol aux abords de la propriété. Je scrute l'espace. Je reste encore maître de moi ; je supplie ma respiration de ne pas s'emballer. Je ferme les yeux, restant concentré sur mon souffle. Alors, pour la première fois, je distingue mentalement l'image de John Hewell.

Lui aussi est absorbé en lui-même. Il cherche à se mettre à ma place pour savoir vers où je me suis enfui. Au même instant, à la manière de joueurs d'échecs, nous tentons tous deux de pénétrer l'esprit de notre adversaire, de deviner ses plans, sa stratégie, ses états d'âme. Sans le savoir, nous sommes déjà réunis par un lien invisible. J'ignore alors que je deviendrai bientôt son obsession tandis qu'il sera ma hantise. Nos chemins se confondront désormais jusqu'à ce que l'on se dresse l'un face à l'autre, les armes à la main.

– Madison, dit-il tout haut en fouillant du regard le paysage autour de lui, où te caches-tu ?

Le chasseur d'esclaves est particulièrement nerveux ce matin-là. Depuis le lever du jour, il a réuni ses adjoints et les a scindés en trois groupes ; le premier est parti plein nord, quant aux deux autres, ils ont pris la direction du nord-ouest et du nord-est. Un peu plus tôt, le commandeur lui a fait de moi une description détaillée. Mais John H. n'a pas son assurance habituelle. Tandis qu'il s'apprête à rejoindre ses hommes, un pressentiment le retient. Il tire aussitôt sur les brides de son cheval, s'arrête au milieu d'une plaine, et se met de nouveau à scruter l'espace. Il se souvient alors de cette jeune esclave sur la piste de laquelle il s'est lancé dix-neuf ans plus tôt, et du nourrisson qu'il a ramené au propriétaire du domaine.

Beaucoup de temps s'est écoulé depuis que Hewell a retrouvé Teresa March et fait exécuter Cham Bailey. Aujourd'hui, il a un peu plus de soixante ans et, pour la première fois, il se demande s'il est encore de taille à pourchasser un esclave à travers le pays. Il sait que les deux premiers jours sont décisifs. La plupart des fuyards veulent rejoindre le Canada à des dizaines de milliers de miles de la Virginie, mais ils sont généralement rattrapés dans les quarante-huit heures qui suivent leur évasion. En revanche, si le fugitif n'a pas été retrouvé durant cette période, la traque s'avère souvent longue et difficile. Alors, toujours à l'arrêt, tandis que le soleil monte dans un ciel d'été, il s'adresse une dernière fois à la proie qu'il pourchasse.

– Tu seras ma dernière prise, Madison. Je te ramènerai d'où tu es parti, puis l'odeur de ta chair brûlée se répandra dans les moindres recoins du domaine. Alors, seulement, je me retirerai de ce métier.

Soupçons

Huit mois plus tard, Ontario, Canada

Après avoir soufflé en tempête sur le lac Supérieur, un vent de sud-est a charrié des nuées éparses vers l'intérieur des terres. Alors, comme chaque après-midi de ce début de printemps, la pluie se déverse sur la région. L'ocre des sillons se met à brunir sous l'averse. Puis le ciel finit par s'éclaircir ; les lointains, longtemps estompés par l'ondée, bleuissent de nouveau et un parfum sucré s'élève du sol.

Malgré la giboulée, je poursuis mon travail dans le champ du vieil Archie Dickson, mon employeur. Depuis le lever du jour, j'ouvre la terre en guidant une charrue derrière un cheval de trait. Mais tandis que je répands les semis, j'aperçois une vibration à l'horizon, à la hauteur de la frontière avec le Minnesota. Des couleurs viennent de frémir sur la ligne qui sépare la plaine d'un ciel de traîne. La poussière qui s'élève me rappelle la fumée d'un défrichage par le brûlis. Je reste un instant figé, scrutant le paysage. Un long silence pèse sur les champs autour de moi, de ceux qui précèdent les tempêtes.

– C'est lui…

À peine ai-je lâché ces mots que je me presse vers la ferme en courant.

– Deux cavaliers ? répète Archie Dickson qui vient de sortir de chez lui en me voyant arriver au pas de course.

Ce veuf de quatre-vingt-un ans vit au milieu d'un domaine de plusieurs hectares. Son visage, usé par les rudesses du climat, est éclairé par un regard brillant de malice. Ce vieil homme, qui m'a accueilli dans sa ferme six mois plus tôt, sait comme moi que si l'Ontario est une province souveraine du Canada, le gouverneur n'a pas suffisamment d'hommes pour en garder les confins. Voilà pourquoi des miliciens américains, lancés sur la piste d'esclaves en fuite, n'hésitent jamais à venir les traquer de ce côté-ci de la frontière, au mépris de toute loi.

– Oui, ils viennent du Sud… du Minnesota.

Sans attendre, je me précipite à l'intérieur de la ferme pour ramasser mes effets personnels ; je prends avec moi de l'eau et de la nourriture et je descends au fond d'un puits désaffecté, à l'écart de l'enclos des chevaux. Quand mes pieds touchent enfin la terre humide, une quinzaine de mètres plus bas, je n'ai que le temps d'apercevoir la silhouette de mon employeur retirer la chaîne qui m'a permis de descendre ; puis l'homme couvre l'ouverture par une plaque de tôle sur laquelle il pose une pierre.

Malgré une jambe à demi paralysée, le vieil Archie se dirige aussi vite qu'il le peut vers le champ que je labourais un peu plus tôt. Il importe de ne pas laisser le cheval, la charrue et les semis sur place, autant de signes qui trahiraient ma fuite.

– Bonjour, grand-père, lui lance l'un des cavaliers quand il arrive enfin à sa hauteur.

Le vieux fermier continue de jeter les graines en essaim devant lui, d'un geste sûr répété une vie durant. Puis il relève la tête, essuie d'un revers de manche la sueur qui perle sur son front avant de demander :

– Qu'est-ce qui vous amène dans le coin ?

– On cherche du travail...

L'inconnu embrasse le domaine du regard, scrutant l'espace, comme s'il était à la recherche d'une ombre, puis il poursuit.

– Vous semblez bien seul ici, sans doute aurez-vous besoin de bras pour vous aider ?

Archie Dickson soupçonne les deux hommes d'être des chasseurs d'esclaves. Leur donner l'impression qu'il veut se débarrasser d'eux serait la pire chose à faire : ils suspecteraient la présence d'un fugitif chez lui. S'ils avaient le moindre doute, ils se montreraient moins conciliants, le forçant alors à avouer qu'il cachait un jeune Noir. Voilà pourquoi le vieil homme répond :

– C'est pas d'refus... Avec ce sale temps, ma jambe me fait souffrir et je ne suis plus tout jeune... Je paie un dollar la semaine. C'est à prendre ou à laisser.

Après avoir accepté la proposition d'Archie Dickson, les cavaliers l'accompagnent vers sa ferme, passant si près de l'ancien puits que je perçois des bribes de leur conversation. Puis ils gagnent la cour où ils font boire leurs chevaux. Leur nouvel employeur leur montre la grange où ils dormiront. En les voyant inspecter les lieux, le vieil Archie comprend qu'il a vu juste en les prenant pour des chasseurs d'esclaves. L'un des hommes cependant ne cesse de l'intriguer. Il est d'une rare élégance, un détail surprenant pour quelqu'un qui vient d'aussi loin à cheval.

En sortant de la grange, celui-ci observe la propriété avec une concentration qui rappelle au vieil homme celle de ces oiseaux de proie qui se laissent porter par le vent mais dont l'œil scrute inlassablement chaque recoin du paysage. Tout, dans son attitude, indique qu'il a deviné la présence d'un fugitif. Mais le domaine est vaste, l'explorer lui demanderait un temps considérable. Bien sûr, il pourrait coller une arme sur la tempe de son hôte et lui demander s'il a croisé un jeune Noir, aperçu quelques mois plus tôt le long de la rivière Minnesota. Mais l'homme se méfie des autorités du pays ; il n'est plus aux États-Unis, et lui et son adjoint comptent pénétrer plus avant dans la province sans attirer l'attention sur eux. Alors, il préfère chercher des indices qui confirmeraient son intuition.

Dès cet instant, un jeu étrange s'instaure entre lui et Archie, où chacun feint d'ignorer les intentions de l'autre. Le vieil homme n'a commis aucune erreur jusqu'alors, mais le regard de l'étranger le met si mal à l'aise qu'il craint à tout instant de se trahir.

– Nous avons beaucoup voyagé aujourd'hui, dit enfin celui-ci pour briser le silence. Nous ne commencerons à travailler que demain.

– Comme vous voulez, mais sachez que…

Archie Dickson n'a pas achevé sa phrase que l'homme repère un objet à terre, vers lequel il se dirige déjà à pas lents ; arrivé à sa hauteur, il se baisse, le prend entre ses doigts avant de demander :

– À qui appartient ce canif ?

– À moi, bien sûr… Qui d'autre habite ici ?

– Si je vous pose cette question, c'est que cette lame a été grossièrement taillée dans une vulgaire pièce de métal, comme celles que l'on trouve près des rails du chemin de fer… Une chose est sûre, celui qui a fait ça n'avait pas les moyens d'acheter un vrai couteau…

– En réalité, il s'agit d'un vieux souvenir, je l'ai moi-même fabriqué quand j'étais enfant…

– Et vous vous en servez toujours ?

– À un certain âge, la nostalgie vous gagne… Je le cherchais depuis quelques jours, merci de l'avoir retrouvé.

L'homme rend le couteau sans quitter des yeux son interlocuteur. Ce regard glace le vieil Archie, qui prend le canif dans sa main et l'enfouit aussitôt dans sa poche. À cet instant, il comprend qu'il n'aura plus droit à l'erreur.

Vers le Sud

Les deux étrangers s'éveillent avec le jour. Alertés par le grondement du tonnerre, ils lèvent les yeux vers les hauteurs qui ferment l'horizon. L'un d'eux fait sa toilette. Il se rase soigneusement, passe des habits propres puis lave les vêtements qu'il portait la veille avant de les étendre. Alors seulement, il se dirige vers le vieil homme qui les observe de loin :

– Votre ferme est rudement bien tenue... Comment faites-vous pour abattre une telle besogne sans l'aide de personne ?

– Oh, vous savez, répond ce dernier en se grattant le crâne, je suis rarement seul... Il passe souvent ici des gars qui demandent qu'à travailler, certains restent une semaine, d'autres un mois ou deux, des types dans votre genre... même si à vous regarder ce matin, vous n'avez pas l'air de vouloir vous y mettre aujourd'hui...

– Ni aujourd'hui, ni demain, ajoute en ricanant celui des deux qui est resté près de la grange.

Son chef s'approche du fermier, il le regarde dans les yeux et poursuit :

– Et des esclaves en fuite... il en passe aussi ?

– Que Dieu m'en préserve ! S'il s'en pointait un, je le renverrais vers la frontière à coups de fusil…

Tandis que son acolyte se met à rire, l'homme scrute le visage d'Archie Dickson, à la recherche du moindre signe qui le trahirait. Puis, sans demander l'autorisation, il se dirige vers la ferme avant d'en franchir le seuil.

– Que cherchez-vous, à la fin ? lui demande le vieil homme en tentant en vain de prendre un ton autoritaire.

Sans se donner la peine de répondre, l'intrus inspecte l'intérieur de la maison et s'arrête devant la bibliothèque…

– Tiens, des livres, ce n'est pas fréquent dans le coin…

– C'est mon seul trésor, glisse Archie Dickson, vous ne trouverez aucun objet de valeur ici… et pas d'argent non plus…

– Je n'ai que faire de vos économies, répond très calmement l'inconnu en prenant dans ses mains un roman de Daniel Defoe.

Il en apprécie la couverture, le feuillette, puis, après avoir remis l'ouvrage à sa place, il saisit cette fois un livre d'Alexander Pope. À la surprise du vieux fermier, il se met à lire un long poème à haute voix, paraissant sensible aux mots, au phrasé de l'auteur. Il replace finalement le volume et continue de réciter quelques vers encore, qu'il connait par cœur. Mais il s'interrompt soudain en remarquant la présence d'une lunette astronomique fixée sur un trépied, à deux pas de la bibliothèque

– Vous vous intéressez au ciel ?

– Oui… c'est mon passe-temps.

L'homme pose délicatement sa main sur l'objet, fait jouer un instant ses rouages, puis, après avoir jeté un dernier coup d'œil autour de lui, il se dirige vers les chambres.

Ces livres que cet homme a pris ce jour-là dans ses mains ont compté plus que toute autre chose pour moi. Six mois plus tôt, lorsque j'ai atteint la ferme d'Archie Dickson, je ne savais ni lire ni écrire. Mais un soir, à la fin de ma première semaine de travail, mon employeur m'a invité chez lui. Là, il a tracé des lettres à la plume sur du papier, puis me les a nommées une à une. Il en a été ainsi chaque jour. Dévoré par la curiosité, avide de savoir tout autant que je l'étais de liberté, j'ai appris à lire en trois mois avant de lui demander de me prêter l'un des livres de sa bibliothèque. Le vieil homme a passé ses doigts sur le dos de plusieurs ouvrages avant de s'arrêter sur l'un d'entre eux.

– Voici *Horrors of Slavery*. Ce volume pourrait t'intéresser, en tout cas les grands exploitants du Sud le détestent. Il est l'œuvre de William Ray, un Blanc ; c'était un soldat américain qui a été réduit en esclavage en Afrique. Après s'être évadé, il est devenu un fervent abolitionniste aux États-Unis.

Mais au lieu de me tendre l'ouvrage, Archie l'a remis à sa place.

– Attends un instant, j'ai quelque chose de mieux pour toi. Voilà *Don Quichotte*. Son auteur aussi a connu l'esclavage. Capturé sur un navire en Méditerranée, il a travaillé cinq ans au service d'un maître sans doute aussi cruel que le tien. Puis il a tenté de s'enfuir, comme toi… Il lui restait de grandes choses à faire, comme écrire ce livre par exemple, dont on parlerait encore deux siècles plus tard.

Archie Dickson se passionnait aussi pour le ciel nocturne. Quand la nuit était claire, il posait sa lunette astronomique dans la cour et la pointait vers des astres dont il m'enseignait les noms. Nuit après nuit, il m'a transmis sa passion, me désignant Andromède, Altaïr ou Sigma Librae. Et lorsque le vieil homme était gagné par le sommeil, il m'arrivait de rester encore plusieurs heures, le nez dans les étoiles, étudiant à la lueur d'une bougie une carte du ciel que j'avais sous les yeux. Six mois plus tard, je reconnaissais d'un simple coup d'œil les principales constellations et pouvais prévoir la course qu'elles feraient dans le ciel.

La matinée touche à sa fin et les deux hommes n'ont toujours pas quitté la ferme. Chacun d'eux a exploré en vain une partie du domaine. Alors, le premier récupère ses vêtements secs, il les plie soigneusement et les range dans l'une de ses sacoches. Puis il sort de sa poche un dollar qu'il dépose dans la paume d'Archie Dickson en lâchant :

– Voici pour le dérangement. Nous partons.

Tous deux se remettent en selle avant de s'éloigner vers le nord. Sans un mot, Archie fait mine d'aller travailler dans ses champs mais ne cesse en réalité de scruter la silhouette des cavaliers sur l'horizon. Quand ils sont trop loin pour qu'il parvienne à les distinguer, il rentre précipitamment chez lui, prend sa lunette astronomique, pose le trépied dans la cour et la pointe dans la direction qu'ils ont prise, pour s'assurer qu'ils ne reviennent pas sur leurs pas. Alors seulement, tandis que le soir tombe sur sa propriété, il se dirige vers le puits désaffecté et m'avertit que tout danger est écarté.

Épuisé par la peur, le froid et la soif, je ne trouve même plus la force de me hisser à l'extérieur. Le vieil homme glisse alors la chaîne dans la poulie, me demandant de m'y cramponner avant de la fixer à l'encolure d'un cheval de trait auquel il donne l'ordre d'avancer.

– Tu vas pouvoir manger et dormir dans un vrai lit, me dit-il lorsque je pose enfin mes mains sur la margelle.

– Il n'est pas question que je me repose, ni même que je retourne travailler.

Mon employeur me regarde sans répondre, incrédule. Tandis que l'orage est sur le point d'éclater, je poursuis :

– Je n'attendrai même pas le lever du soleil pour me mettre en route. J'ai eu tout le temps de réfléchir ces dernières heures. Jamais je n'aurai la patience de mettre de côté la somme nécessaire pour racheter la liberté de ma femme. Je repartirai dès ce soir vers la frontière. Une fois aux États-Unis, je me dirigerai vers le sud et ne m'arrêterai qu'une fois en Virginie. J'aiderai alors Susan à s'évader. Et nous partirons très loin. Plus loin que l'Ontario, plus loin encore que l'Europe… en Afrique !

– Je comprends, Madison. Mais attends demain… l'orage sera passé.

– Quelque chose me pousse à partir sur-le-champ. J'en ai déjà fait l'expérience en refusant de me précipiter vers le nord aussitôt après m'être évadé. C'est une sorte de voix au fond de moi. Elle ne se trompe jamais. Susan est peut-être en danger…

Exalté par ce qui se passe alors dans mon esprit, je me confie à Archie comme jamais je ne l'ai fait auparavant.

– La distance qui nous sépare, elle et moi, ne compte pas. Aussi loin que remontent mes souvenirs, j'ai toujours su ce qu'elle ressentait sans qu'elle ait besoin de l'exprimer. Oui, c'est elle qui m'appelle, qui d'autre ? Elle me supplie de venir la chercher.

Archie Dickson se tait. Il connaît ma détermination. Il tourne les talons et revient vers moi avec un cheval qu'il tient par la bride.

– Prends ma jument. Tu me la rendras au retour en t'arrêtant ici avec Susan. Je compte sur toi pour me la présenter, ajoute-t-il dans un sourire forcé.

Une fois en selle, alors que je m'apprête à m'enfoncer dans la nuit, mon ancien employeur m'interpelle une dernière fois. Au moment où je me tourne vers lui, il plonge sa main au fond de sa poche et me tend un objet.

– Tiens, voilà ton couteau, tu l'avais laissé tomber dans la cour de la ferme.

Les grandes plaines

Il est plus de minuit lorsque Hewell et son adjoint mettent de nouveau pied à terre devant la ferme d'Archie Dickson. Quelques heures plus tôt, après avoir disparu vers le nord, tous deux ont attendu la tombée de la nuit pour revenir discrètement sur leurs pas, convaincus que le vieil homme leur cachait quelque chose.

Ils s'approchent maintenant de sa maison et enfoncent brutalement la porte avant de pénétrer à l'intérieur. Après avoir allumé une lampe à pétrole, Hewell remarque aussitôt ce détail : la lunette astronomique a été déplacée depuis son départ.

Comme l'orage qui s'est abattu sur la région interdisait d'observer le ciel, il comprend aussitôt que le fermier s'en est servi pour surveiller l'horizon avant de prévenir l'esclave qu'il cachait que tout danger était écarté. Il fait alors irruption dans la chambre du vieil homme :

– Dis-moi, Archie, pourrais-tu me montrer ton couteau ? Tu sais, celui que tu prétends avoir fabriqué enfant…

Pris de panique, le fermier se lève et fait mine de le chercher dans les poches de ses vêtements restés sur une chaise. Puis, pour gagner du temps, il va fouiller dans la cuisine.

John H., très calme, le regarde s'agiter avec un sourire au coin des lèvres. Il sait déjà que sa proie finira par parler. Il saisit alors le vieil homme à la gorge et l'entraîne de force vers l'extérieur. Là, il le précipite au sol, laissant son adjoint le rouer de coups.

Lorsque ce dernier cesse de se défouler sur ce corps couvert de boue et de sang, Hewell s'agenouille devant lui :

– Où se cache-t-il ?

– Il est déjà parti.

– Vraiment ? En pleine nuit, sous l'orage ?

– C'est la vérité ! Il était caché et…

– Très bien, alors montre-nous où il se trouvait.

Une fois sur place, John H. attache le fermier par les pieds et le suspend au-dessus de la bouche béante du puits. Alors, il s'approche de son oreille et il lui murmure :

– Je vais te poser une dernière question qui décidera de ce que je ferai de toi : dans quelle direction s'est-il dirigé ?

– Je lui ai donné l'un de mes chevaux et il est parti vers le nord. Il comptait s'éloigner le plus possible des États-Unis.

– Oui, c'est évident, dit Hewell en se redressant, n'importe quel esclave en fuite prendrait cette direction…

L'homme s'interrompt alors brusquement. Il fait quelques pas, abîmé dans sa réflexion, puis poursuit :

– N'importe quel fugitif… mais pas Madison Washington !

Au même instant, il détache la chaîne qui retient sa victime, la maintient un instant sous tension à la seule force de son bras puis la relâche d'un coup. Le bruit du corps s'écrasant une dizaine de mètres plus bas lui parvient aux oreilles : un écho sourd, accompagné d'aucun cri. L'instant d'après, l'homme revient vers la ferme, pénètre à l'intérieur et s'empare de la lunette astronomique. Il se débarrasse du trépied avant d'enfouir l'objectif dans l'une des sacoches posées sur son cheval. Puis, suivi de son adjoint, il part vers le sud.

Lorsque le jour se lève, c'est cette même lunette qu'il saisit pour scruter le paysage, à la recherche d'un cavalier isolé. Sans doute aurait-il fini par me repérer car aucun relief ne rehaussait la vue sur plusieurs dizaines de lieues. Mais quelque chose attire son attention ce matin-là : d'étranges mouvements du ciel sur l'horizon. Alors que plusieurs lignes d'orage remontent vers le nord, un calme singulier pèse sur la plaine. Seuls les chevaux paraissent nerveux. Les pans de ciel qui ont bleui depuis le lever du jour sont envahis par des nuées venues de toutes parts, à la manière d'un cercle se refermant au-dessus des deux cavaliers. Au même moment, la chaleur humide laisse place à un air glacial.

John H. scrute une dernière fois la course des nuées ; il s'apprête à ranger sa lunette quand son adjoint, pensant avoir repéré un mouvement, la lui demande. L'instant d'après, ce dernier dirige l'objectif devant lui. Il concentre son regard sur une forme mobile qui correspond à l'individu qu'ils poursuivent. Il attend encore quelques secondes avant d'alerter son chef, le temps pour lui de me reconnaître avec certitude. Le silence est absolu. Mais, alors qu'aucune goutte de pluie n'est encore tombée, un éclair zèbre soudain le ciel et vient frapper de plein fouet la lunette astronomique, foudroyant l'homme qui la tenait entre les mains ainsi que son cheval. À quelques mètres de là, Hewell est aussitôt désarçonné. Le claquement de la foudre l'a momentanément assourdi, et, quand il reprend ses esprits, il ne peut que constater que sa monture, terrifiée, est déjà loin.

De mon côté, j'ai moi aussi ressenti cette étrange impression de fin du monde, comme si le temps s'était arrêté. Quelques mois plus tôt, en me dirigeant vers la frontière canadienne, j'avais traversé cette même plaine. Venu des Grands Lacs, un puissant vent d'est y soufflait alors, ployant les herbes basses autour d'un troupeau de bisons sauvages, sous un ciel envahi d'oiseaux migrateurs. Mais, aujourd'hui, pas la moindre trace de vie animale. Le paysage semble figé, comme l'aurait été la scène d'un théâtre abandonné dont j'aurais été le seul spectateur, ou plutôt le seul acteur, attendant que la Providence me distribue un rôle.

En sentant l'air se densifier ce jour-là, et la température chuter tout à coup, j'ai forcé ma jument à se coucher sur le sol avant de m'allonger contre elle. C'est dans cette position que j'ai vu un premier éclair fendre l'air encore sec. Le bruit qu'a fait la foudre en touchant le sol m'a glacé. Peu après, une averse d'une rare violence s'est abattue sur moi. Mais l'orage a peu duré. À la suite de ce déchaînement de colère, le ciel s'est éclairci aussi vite qu'il s'était assombri. Et c'est remontant en selle que j'ai aperçu une tache mouvante sur l'horizon.

Une vision

Moins d'une heure plus tard, je me retrouve à hauteur d'un chariot que j'imagine être celui d'un marchand ambulant. Sur le siège, à l'avant, est installé un individu d'une cinquantaine d'années qui n'a aucune arme sur lui, ni même à portée de main. Plutôt maigre, l'homme qui tient les rênes d'une main porte un singulier chapeau haut de forme d'où dépassent des cheveux noirs et raides qui descendent jusqu'aux épaules. Visiblement perdu dans ses pensées, il ne semble pas avoir remarqué ma présence. Son regard reste étrangement fixe, dirigé droit devant lui ; sans doute dort-il éveillé, bercé par le pas régulier de son cheval. Mais, alors que rien ne laissait penser qu'il m'avait aperçu, il m'apostrophe sans même se tourner vers moi :

– Il y a six jours que je parcours seul ces prairies désertes… Sais-tu où cette piste nous conduit ?

– Aucune idée… mais on ne devrait pas tarder à apercevoir le contour d'une ville.

– Qu'est-ce qui te fait dire ça ?

– Les chemins parlent d'eux-mêmes pour qui sait les observer.

– Très impressionnant… mais je m'abaisse rarement à

scruter le sol. Mes regards se portent plus volontiers vers les cimes, les cieux, les étoiles…

– Si tes yeux s'étaient détournés un instant des nuages, tu aurais relevé des traces de sabots de plus en plus marquées, et aussi des lopins de terre anciennement cultivés sur les côtés.

– Merci, jeune homme, voici des paroles qui me redonnent espoir.

– Tu sembles pressé de rencontrer du monde…

– C'est que… j'ai la gorge sèche.

– Tiens ! Voilà ma gourde.

– C'est de l'eau, n'est-ce pas ? demande-t-il sans même esquisser un geste dans ma direction.

Comme j'acquiesce d'un signe, l'homme poursuit :

– Vois-tu, je préférerais de l'alcool… Je viens tout juste de vider ma dernière bouteille de bourbon. Il est temps de me réapprovisionner.

Alors, pour la première fois, l'homme tourne la tête vers moi. Il m'observe en détail, garde un moment le silence puis marmonne pour lui-même :

– Drôle d'apparition…

– Pardon ?

– Je me disais que ta présence ici était surprenante ; mais comment m'en étonner après tout ? Qui d'autre qu'un être tel que toi aurais-je bien pu croiser aux confins du pays, parmi ces solitudes où presque personne ne s'aventure…

– Qu'y a-t-il de si curieux chez moi ?

– Oh, pas grand-chose, sourit-il, si ce n'est que tu sembles confondre les points cardinaux. D'habitude, les esclaves en fuite se dirigent vers le nord.

Je m'apprête à nier être un fugitif, mais me ravise aussitôt.

À mon tour, j'observe mon compagnon de route. Celui que j'ai pris tout d'abord pour un fou, ou un vulgaire ivrogne, a sans doute l'esprit trop vif pour être facilement trompé ; par ailleurs, il semble inoffensif.

– Qu'est-ce qui te fait penser que je ne suis pas un affranchi ?

– Ton regard, jeune homme, c'est ton regard qui te trahit… En arrivant à ma hauteur, tu as tout de suite vérifié que je ne portais pas d'arme ; tu manques sans doute d'argent pour en posséder une toi-même. Et puis il y a cette façon de lire les traces au sol, l'un des seuls moyens pour les évadés d'anticiper les dangers… Tous ces signes ne trompent pas ; même si une question reste posée : pourquoi donc un fugitif descend-il vers le sud ?

Je garde le silence. Je suis décidé cependant à demeurer aux côtés de cet homme. Il me permettra de ne pas attirer l'attention sur moi lorsque je m'approcherai d'une zone habitée. Les chasseurs d'esclaves peuvent être partout et, en voyageant seul, même dans les États libres, je passe rarement inaperçu.

– Je t'observe depuis un moment, jeune homme… tu es sombre.

– Tiens, je croyais que tes regards ne se tournaient que vers les nuages ou les étoiles…

– J'ai vu assez de ciel pour aujourd'hui, et si tu es capable de déchiffrer les pistes, sache que je sais lire dans les esprits : le tien abrite une douleur.

Je ne prends pas la peine de répondre. Mais tandis que je fixe l'horizon, je continue de deviner sur moi le regard de mon compagnon de route.

– Par tous les dieux ! s'écrie-t-il après quelques minutes, il y a une femme là-dessous !

Je ne peux m'empêcher de tourner la tête vers lui.

– Ah ! J'ai vu juste, triomphe-t-il dans un petit rire. Mais ne crois pas que ce soit là de la magie. C'est ma mère qui m'a enseigné à déchiffrer les visages. Nul ne savait aussi bien qu'elle percer à jour l'âme des individus en observant leurs traits. Elle m'a appris tout ce qu'elle savait. Le tracé suivi par telle ride a un sens, cette façon de froncer les sourcils aussi, tout comme la forme des lèvres ou l'étincelle d'un regard, tout cela me parle. Je lis maintenant en toi comme dans un livre ouvert : tu es amoureux, et cette femme est sûrement très belle. Mais je vois aussi qu'elle est…

Le visage de l'homme se fige. Puis il se tait, tournant de nouveau son regard devant lui, décidé à ne plus rien dire.

– Qu'as-tu vu ?

– Rien, je parle trop. C'est toujours comme ça quand j'ai bu… Le temps s'étire si lentement au milieu de ces solitudes que je me suis consolé avec la boisson. Voilà pourquoi je suis incapable de tenir ma langue.

Je scrute à mon tour mon interlocuteur. Malgré son âge et ses traits secs, anguleux, ses yeux brillent d'une malice enfantine. Comme il s'entête à garder le silence, je finis par demander.

– Tu en as trop dit ou pas assez ! Que gardes-tu pour toi ?

– Tu tiens vraiment à le savoir ?

– Oui… je peux tout entendre.

– Eh bien, j'ai vu que la femme à laquelle tu penses est prisonnière.

– Ça, je le savais déjà : elle est esclave depuis sa naissance…

– Je connais le sens des mots, jeune homme. Aussi, je n'ai pas dit *esclave*, mais *prisonnière*. Elle est enchaînée, recluse…

– Quoi d'autre ?

– Je ne peux rien dire de plus.

Obsession

Lorsqu'il se relève, Hewell tourne aussitôt son regard vers le sud. L'orage passé, il peut désormais scruter les lointains, éclaircis par l'ondée, dans l'espoir d'apercevoir sa proie. Il reste longtemps immobile, ne quittant pas l'horizon des yeux. Pas un instant il ne sent peser sur sa peau ses vêtements détrempés par la pluie, il ne s'inquiète pas non plus de l'absence de sa monture alors qu'il se trouve au milieu de nulle part, à plusieurs dizaines de lieues de la première ville.

Sa silhouette dressée constitue le seul relief de cette plaine, à quelques mètres à peine du corps foudroyé de son adjoint ne faisant qu'un avec la carcasse de son cheval. Comme le font certains rapaces, il cherche à déceler le moindre mouvement dans l'espace. Puis, de longues minutes plus tard, lorsqu'il finit par détacher son regard des grandes plaines, il se retourne brièvement vers les cadavres calcinés de l'homme et de l'animal, à la recherche d'un quelconque objet à récupérer.

Il marche maintenant depuis des heures. Sa force, il la puise dans le but qu'il s'est fixé. La fatigue, la soif, la faim, lui restent étrangères. Chacun de ses pas le rapproche de

Madison : voilà tout ce qui compte pour lui. Si, à cet instant, un étranger lui demandait pourquoi est-ce si important de retrouver ce fugitif, il lui répondrait sans doute qu'il lutte pour que la société reste ce qu'elle est ; les castes qui la constituent devant demeurer chacune à leur place à une époque où les abolitionnistes cherchent à faire voler le Vieux Monde en éclats. Il lui dirait également que le pays se trouve à un tournant de son histoire et qu'il peut à tout moment basculer du mauvais côté : celui de l'égalité entre les hommes, quelle que soit leur race.

Cette réponse cependant ne rendrait pas compte des véritables raisons qui animent John H. La vérité, c'est que seules ces chasses à l'homme lui permettent de se fuir lui-même. Ce mal-être, il l'avait ressenti depuis l'enfance. Il avait très tôt perdu son père, un grand propriétaire de Virginie qui régnait alors sur de nombreux hectares de plants de tabac, possédant plus de cent cinquante esclaves. Secondé par sa mère et sa grand-mère, ce jeune homme de seize ans avait un temps assumé le rôle de maître du domaine, commandant alors l'exécution de fugitifs, à laquelle il assistait avec un mélange de plaisir et de dégoût. Après quelques années durant lesquelles il se montra un gestionnaire intraitable avec ses contremaîtres, il confia ses terres à un administrateur et partit pour Richmond étudier le droit et la littérature. Mais sa nouvelle vie parmi les livres ne parvint pas à chasser de son esprit le spectre de la mélancolie, qu'il combattait alors en usant et abusant d'alcool ou d'opium. Après trois années en ville, il revint sur ses terres, toujours en quête d'un but à son existence. Il fallut l'évasion d'un nouvel esclave, qu'il décida de rattraper seul pour qu'il se sente enfin vivre. Les quelques semaines qu'il passa sur la trace de sa proie, en pleine nature, décidèrent de sa vocation. L'homme qu'il ramena à la propriété fut le premier d'une longue liste. Depuis cette époque, il avait capturé près de deux cents fugitifs.

Le jour commence à décliner lorsque Hewell aperçoit enfin son cheval, qui s'est enfui le matin même. Il s'avance vers lui à pas lents, pour ne pas l'effrayer une nouvelle fois. Désormais à portée de voix de l'animal, il s'immobilise et lui parle doucement. Mètre après mètre, il finit par l'approcher. Une fois à sa hauteur, il caresse longuement sa robe pour le rassurer avant de monter enfin en selle. Sans le moindre geste d'humeur envers sa monture qui l'a l'obligé à marcher une journée entière, sans eau ni vivres, il glisse cette fois ses doigts dans sa crinière tout en lâchant à voix basse :

– Allez, mon vieux, il nous reste du chemin à faire...

Se souvenant de son passage dans cette région, quelques jours plus tôt, Hewell estime qu'il atteindra la première ville en fin de nuit. Alors, il s'arrêtera dans une auberge afin de prendre un bain, de laver ses vêtements et de s'accorder une heure ou deux de repos.

Puis, au lever du jour, il cherchera dans la cité la trace de Madison.

Chayton

La route que nous suivons est une ancienne voie naturelle tracée au fil des âges par le passage des bisons. À mesure que nous nous rapprochons d'une petite ville, je remarque de loin en loin des habitations isolées, construites à l'orée des bois. Les unes ne sont que de simples cabanes de chasse tandis que d'autres abritent déjà des familles de bûcherons et de trappeurs.

L'homme qui m'accompagne tire soudain sur ses rênes.

– Tu devrais atteler ta monture au chariot.

– Pourquoi ?

– Ta couleur de peau vaut bien cette précaution. Je te ferai passer pour mon associé. Je ne crains pas la présence de chasseurs d'esclaves dans cette région, mais plutôt celle de délateurs, toujours prêts à gagner quelques sous contre un renseignement.

Comme je m'assieds à ses côtés, l'homme me tend une poignée de main :

– Je m'appelle Chayton Altawak. Je connais plusieurs choses sur toi, mais j'ignore encore ton nom…

Depuis ma fuite de Virginie, à l'exception d'Archie Dickson, je n'ai jamais révélé mon identité à personne.

– Parle-moi plutôt de toi… Quelle sorte de camelote vends-tu ?

– Ah, tu crois qu'il y a des marchandises là-dedans, dit-il en désignant d'un mouvement de tête le chariot derrière lui. Eh bien, tu te trompes. Mais je vends bien quelque chose ; seulement, ce ne sont que des contes ! C'est tout ce que je possède. Partout où je m'arrête, je dresse mon petit théâtre ambulant.

Au même instant, nous entrons dans une petite ville, la plus au nord de l'État. Les orages qui se sont abattus sur la région ces derniers jours ne l'ont pas épargnée. La grand-rue est si détrempée que, pour la traverser, les habitants y ont jeté des planches à même le sol. Devant nous, des femmes retroussent leur robe jusqu'aux mollets, cherchant leur équilibre sur ces ponts de fortune afin de se rendre dans toutes sortes de négoces situés de part et d'autre de la voie principale.

Le chariot avance au pas. Après avoir examiné chacune des rues transversales, Chayton Altawak s'arrête enfin sur une petite place, devant la devanture d'un grossiste en fourrures. Il met pied à terre, fait le tour de son chariot et se met à en extraire des torches et une dizaine de planches. Puis il entreprend d'assembler le tout, de manière à construire une petite scène. Très vite, malgré l'obscurité qui commence à tomber, des enfants et des curieux se pressent autour de nous.

Moins d'une heure plus tard, alors qu'une cinquantaine de personnes se sont déjà rassemblées sur la place, Chayton me chuchote :

– Ne t'éloigne pas surtout, quand je te ferai signe, tu passeras le chapeau parmi la foule.

L'instant d'après, il paraît sur scène. Drapé dans une cape qui descend jusqu'aux pieds, il a l'œil vif, le geste sûr et, dès ses premiers mots, il capte l'attention du public. Son récit, qui tient à la fois du conte et des faits que relatent les journaux, mêle si bien la réalité au fantastique que les spectateurs, qui s'étaient tout d'abord avancés par simple curiosité, se rapprochent peu à peu de la scène afin de ne pas perdre une miette de l'histoire.

En observant la foule qui se presse autour du petit théâtre ambulant, je remarque soudain le regard d'un jeune homme qui semble s'arrêter sur moi. D'instinct, je détourne la tête. Je m'oblige alors à fixer la scène, comme si je n'avais pas remarqué cet individu dans mon dos.

Devant moi, Chayton Altawak ne se contente pas de raconter une histoire, il en devient chacun des personnages. Son visage prend mille expressions, son corps se recroqueville dans un coin du plateau ou l'arpente en tous sens, mimant à lui seul des poursuites. Mais, au moment le plus haletant de son intrigue, le conteur s'interrompt tout à coup. Puis il commence à se défaire lentement de son costume de scène.

– Je vous remercie de votre attention, lance-t-il, mais la fatigue me gagne, si vous le voulez bien, je poursuivrai demain…

Le silence ne dure pas. Les enfants sont les premiers à manifester leur mécontentement, très vite suivis par des femmes et des hommes de tout âge, qui incitent le conteur à poursuivre. L'impatience est palpable, bruyante, et certains spectateurs se mettent à menacer le comédien de représailles s'il ne révèle pas la fin de son histoire.

– Calmez-vous, calmez-vous… Je vous ai entendus ; mais, je vous le répète, la nuit est déjà bien avancée et il serait plus raisonnable pour tout le monde de rentrer… à moins que…

Chayton fait mine d'examiner une idée qui vient de lui traverser l'esprit. Puis il cesse de déboutonner sa cape et m'adresse un petit signe avant de poursuivre :

– … À moins que vos encouragements se fassent, comment dirais-je… plus concrets. Si vous vouliez bien donner un peu d'argent à mon employé qui s'apprête à passer parmi vous, cela m'inciterait peut-être à continuer.

Je me fraie alors un chemin au milieu de la foule, tenant en main le chapeau haut de forme qui se remplit à vue d'œil. Quant aux rares spectateurs qui ne semblent pas décidés à y glisser la moindre pièce, je m'immobilise devant eux jusqu'à ce qu'ils cèdent et mettent la main à la poche.

Je m'arrête ainsi devant le jeune homme dont j'avais remarqué le regard sur moi un peu plus tôt. Il me dévisage sans esquisser le moindre geste. Comme je tends le chapeau vers lui, il continue de me fixer dans les yeux et finit par remarquer les cicatrices que je porte sur le cou. Ces petits sillons sont caractéristiques des marques de fouet, pourtant donné dans le dos, lorsque l'extrémité de la lanière de cuir s'enroule autour du corps des victimes, jusqu'à lécher parfois leur cou. À elles seules elles trahissent un passé d'esclave.

– Drôles de marques, me lance-t-il.

Je relève aussitôt le col de ma veste pour les cacher tout en bredouillant :

– Juste de vieilles blessures…

– Dans ce cas, pourquoi t'empresses-tu de les dissimuler ?

Je dévisage à mon tour mon interlocuteur puis je poursuis mon travail parmi la rangée de spectateurs. Peu après, lorsque je jette un regard furtif dans sa direction, je constate qu'il continue à me suivre des yeux. Je pense alors à m'enfuir. Puis je finis par me raisonner. Cet homme n'est pas armé et je sais John Hewell de l'autre côté de la frontière, lancé à ma poursuite vers le nord du Canada.

Au même instant, la voix de Chayton brise le silence. Il reprend le fil de son histoire là même où il l'a interrompue. Ce sont aussitôt de nouvelles courses-poursuites qui se matérialisent sous les yeux de son public, des duels au sabre, une attaque de diligence.

Une heure plus tard, il achève son récit au moment précis où la dernière torche finit de se consumer. Une fois la foule dispersée, un calme profond retombe sur la place. Chayton se débarrasse enfin de sa cape, pénètre dans son chariot avant d'allumer sa lampe à pétrole. Depuis l'extérieur, je devine sa silhouette à travers la toile, occupée à compter une à une les pièces qu'il vient de gagner. Peu après, il ressort et me trouve le nez planté dans les étoiles.

Un vent froid et sec a chassé les nuages et les astres illuminent le ciel. Mes yeux s'arrêtent sur le sablier d'Orion, une constellation qui indique le sud, soit la direction qu'il me faudra suivre pour retourner en Virginie.

– C'est cette femme, n'est-ce pas ?

– Oui, depuis mon évasion, je ne pense qu'à elle. C'est comme si elle était près de moi.

– Et tu as l'intention de la rejoindre ?

– Elle se trouve en Virginie. Je lui ai promis de revenir la libérer.

Chayton mesure aussitôt ce que mes derniers mots impliquent, puisqu'il me faudra tôt ou tard franchir la ligne Mason-Dixon qui matérialise la frontière entre les États abolitionnistes et les États esclavagistes. Il me fixe avec un regard empreint tout à la fois de stupeur et de fascination.

– Tu serais donc le seul fugitif à suivre le tracé du chemin de fer clandestin à l'envers : du nord vers le sud…

Comme je me remets à scruter le ciel en silence, Chayton enfouit sa main dans sa poche et me tend une poignée de pièces avant de se diriger vers l'auberge.

– Tiens, voilà pour toi… Quant à moi, un vrai lit dans une vraie chambre ne me fera pas de mal.

Cette nuit-là, une fois la scène démontée, je trouve de quoi manger à l'intérieur du chariot avant de m'étendre sur une couchette. Comme souvent, j'ai du mal à m'endormir, sursautant au moindre bruit qui provient de la ville : un volet que l'on referme, la plainte d'un chien, la voix d'un passant ivre.

Une voix

– Ce chariot vous appartient ?

– Oui, pourquoi ?

– Assurez-vous qu'il ne manque rien à l'intérieur. On m'a signalé la présence d'un voleur en ville la nuit dernière...

La conversation entre Chayton et un étranger me réveille en sursaut. Je me lève aussitôt et me recroqueville dans un angle du chariot, me dissimulant sous une couverture.

– Un voleur, dites-vous ?

– Oui, il s'agirait d'un Noir qui voyage seul, sans bagage...

– Vous savez, je n'ai que de vieilles planches et des clous là-dedans, rien qui pourrait intéresser un vagabond...

– Vous feriez quand même mieux de vérifier que tout est là.

Mon cœur bat à tout rompre. Cette voix, c'est celle que j'ai entendue depuis ma cachette chez Archie Dickson. Je connais la ténacité de John H. : il peut très bien avoir feint de partir vers le nord avant de revenir sur ses pas et me poursuivre sur la route du sud.

Je devine maintenant la main de Chayton Altawak qui défait lentement le lien refermant la toile de son chariot. Je l'entends alors écarter un pan de tissu et répondre à l'étranger :

– Non, tout est à sa place. Comme je vous l'ai dit, je n'ai là aucun bien précieux…

Une fois encore, devant le danger, j'ai gardé les yeux fermés, tentant de toutes mes forces de maîtriser les tremblements qui m'agitaient. Si j'avais été repéré ce jour-là, j'aurais été incapable de me défendre, ou même de m'enfuir. Toute ma vie, j'ai cherché le courage qui me manquait. Parfois, à force de volonté, j'ai fini par le trouver ; mais, dans une situation comme celle-ci, sous le coup de la surprise, la peur a le plus souvent raison de moi. Caché entre un sac de farine et une pile de vieux journaux, je n'ai su que prier pour que l'homme dans le dos de Chayton ne se mette pas à inspecter de lui-même l'intérieur du chariot.

Les sens aux aguets, je finis par entendre le pas d'un cheval qui s'éloigne. Peu après, le chariot se met en marche à son tour et, après une heure de route, je perçois enfin deux coups secs sur l'armature de bois.

– Tu peux sortir, nous n'avons pas été suivis…

Si la ville est loin derrière nous, la présence de Hewell demeure une menace. Une heure plus tôt, il m'a cherché au hasard des rues sans avoir aucune piste. Mais en parlant autour de lui d'un jeune Noir arrivé la veille, il ne tardera pas à apprendre que je voyage désormais en compagnie d'un conteur ambulant. Par chance, la route sur laquelle nous nous trouvons est jonchée d'empreintes ; impossible de retrouver les nôtres parmi les traces laissées par les chariots des bûcherons et ceux des grossistes en fourrures qui la labourent chaque jour.

Lorsque nous atteignons un premier croisement de pistes, Chayton tire soudain sur les rênes. Une fois à l'arrêt, il me demande :

– Dis-moi à présent ce que tu comptes faire : partir seul de ton côté, ou rester avec moi sur ce chariot ?

– J'aurai davantage de chances de lui échapper si je voyage seul.

– Choisis maintenant ta direction : vas-tu poursuivre sur cette voie ou emprunter la piste qui mène vers l'ouest ?

– Je vais continuer vers le sud, je possède une bonne avance sur Hewell…

– Très bien. Nous irons donc tous les deux vers l'ouest, et tu ne quitteras pas ce chariot.

– C'est hors de question ! J'ai pris une décision et je vais m'y tenir. Pourquoi me demander mon avis si c'est pour m'imposer le contraire ?

– Pour la bonne raison que l'homme lancé à ta poursuite n'a jamais obtenu la moindre information te concernant. Jusqu'ici, seul son instinct l'a conduit jusqu'à toi, au Canada tout d'abord, et ce matin encore lorsqu'il s'est dirigé vers mon chariot. Il te devine, te ressent ; pour te retrouver, il n'a pas d'autres choix que de se fondre dans ton esprit pour connaître chacune de tes décisions. Voilà pourquoi le plus sûr moyen de lui échapper est de faire le contraire de ce que te dicte ton intuition.

Comme Chayton comprend à mon silence que je me range à sa décision, il ajoute :

– Cette piste mène à Northome ; de là, nous gagnerons la région du Red Lake, sans doute l'endroit le plus sauvage du pays. Ensuite, nous descendrons vers le Sud en suivant le cours du Mississippi. Quand Hewell aura perdu ta trace, il sera toujours temps pour toi de traverser le fleuve et de revenir vers l'est…

Très vite, nos regards sont happés par l'immensité des

territoires indiens, où la paix n'est troublée que par le cours tumultueux de la Rainy River, dont nous longeons un temps la rive avant de la voir disparaître puis ressurgir en cascade quelques lieues plus loin. Après une heure de route, je finis par demander :

– D'où viennent ces histoires que tu racontes au public ?

– Je l'ignore… peut-être que je tiens ça de mon père. À sa manière, lui aussi vivait hors de la réalité, dans un monde qui lui était devenu familier.

– Un conteur, lui aussi ?

– Pas exactement. Mon père était le guérisseur d'une tribu d'Ojibwés, même si les colons ont toujours préféré le terme de *sorcier* pour désigner ces hommes qui laissent leur esprit se mêler au vent ou à l'eau des rivières. Il s'entretenait avec l'âme des ancêtres et voyait parfois l'avenir, par éclairs. Et toi, que sais-tu de ton père ?

– Je n'ai pas connu mes parents. À part Susan, je n'ai aucune famille.

– Ils sont pourtant là, avec toi.

– Il m'arrive de le croire moi aussi, mais ces questions me dépassent, j'ai vu tant de souffrances autour de moi, je ne suis plus sûr de rien…

Longtemps après mes derniers mots, Chayton finit par ajouter :

– Tu n'aurais jamais pu t'enfuir et gagner le Canada sans leur aide. Un tel prodige tient du miracle. Pour réussir ce que tu as entrepris, tu n'étais pas seul. Et pour affronter les défis qui se dresseront demain devant toi, ils seront encore là pour t'aider à surmonter la douleur, l'effroi ; mais pas seulement tes parents, c'est tout un peuple que je devine derrière toi… il semblerait que tu aies été choisi, Madison.

Transaction

– Si je te comprends bien, John, tu as l'intention de m'acheter Susan ?

– C'est bien ça.

– Et pour quelle raison ?

– C'est une question personnelle. Je dirais même une question d'honneur…

– Le célèbre John H. est bien mystérieux ce soir…

Theodore Washington s'interrompt un instant pour aspirer la fumée du cigare qu'il vient d'allumer. Cet être grand et sec, à l'épaisse chevelure blanche, ferme les yeux pour mieux apprécier la saveur du tabac, puis il poursuit en scrutant son interlocuteur :

– Et cette question ne pouvait pas attendre demain matin ?

– Ces trois dernières semaines, j'ai parcouru des dizaines de milliers de miles avec cette seule idée en tête. Aussitôt revenu dans la région, je me suis précipité chez toi.

Il était dix heures du soir lorsque le majordome de la propriété Washington avait ouvert la porte à John Hewell. Il avait aussitôt pris dans ses mains son manteau détrempé par la pluie en lui demandant de bien vouloir patienter. Peu après, le maître de maison était descendu des étages, dans une longue robe de chambre, avant de conduire son ami dans la bibliothèque, une pièce luxueuse où il l'avait prié de prendre place dans l'un des fauteuils disposés devant une table basse.

D'une voix forte, habituée à être obéie dans l'instant, Theodore Washington avait donné ses ordres à deux servantes pour faire allumer un chandelier dans la pièce ainsi que deux lampes à huile posées sur la cheminée. Le reste de la lumière provenant des éclairs qui zébraient le ciel et dont la lueur entrait par les fenêtres qui donnaient sur le parc.

Le maître de maison avait alors commandé deux bourbons à un troisième serviteur, un esclave particulièrement âgé, ne se déplaçant qu'à petits pas mal assurés. Puis, tandis que le vieil homme s'était retiré, attendant de nouveaux ordres, Theodore Washington s'était confortablement renversé dans son siège, s'apprêtant à écouter son ami, issu comme lui d'une vieille famille de Virginie.

Après la dernière réponse de celui-ci, il avait observé un long silence avant de lâcher :

– Eh bien, c'est d'accord. De toute façon, je comptais m'en débarrasser d'une manière ou d'une autre. Depuis l'évasion de son mari, Susan représente une insulte à mon autorité. Et puis, à quoi me servirait-elle dans l'état où mes gars me l'ont rendue ? Tu souhaites que je la fasse venir ? Peut-être qu'en la voyant tu renonceras à l'idée de l'acquérir…

Theodore Washington prolonge sa phrase par un éclat de rire. Hewell, les traits impassibles, n'esquisse quant à lui qu'un petit mouvement de tête pour signifier que ce détail n'a aucune importance.

– Qu'importe à quoi elle ressemble aujourd'hui, ajoute-t-il. Ce qui compte, c'est qu'elle soit désormais avec moi.

– Eh bien, dans ce cas, marché conclu : pour deux cents dollars, elle est à toi.

John H. tire très calmement une nouvelle bouffée de son cigare avant de le poser délicatement dans un cendrier et se saisir d'une sacoche de voyage. Il en tire une liasse de billets, qu'il compte un à un, pour finalement la tendre à son hôte. Celui-ci l'enfouit aussitôt dans l'une des poches de sa robe de chambre sans même en vérifier le montant. Dans un nouveau sourire, le maître de maison questionne alors son ami sur un ton qui en appelle à leur vieille amitié :

– Entre nous, John, maintenant qu'elle est à toi, tu peux me dire pourquoi tu tenais tant à l'acquérir.

– Tu me connais, Theodore, lorsque je suis sur la piste d'un fugitif, je ne renonce jamais. Sache qu'il y a quelques semaines, j'ai perdu la trace de Madison dans le nord du pays. Depuis, je n'ai pas réussi à glaner le moindre indice sur lui. Pas un seul marshal n'a signalé d'individu correspondant à sa description.

– Et que vient faire Susan dans cette affaire ?

– Après avoir perdu sa piste en descendant le cours du Mississippi, j'ai eu la certitude qu'il avait quitté le Canada pour venir la libérer. Cet homme est doué de la plus grande force de caractère qu'il m'ait été donné de rencontrer. Il n'agit pas comme les autres esclaves en fuite. Il est intelligent, mais il est surtout doué d'instinct, ce qui en fait un adversaire redoutable. Voilà pourquoi je tiens autant à le capturer et à te le ramener vivant. Ce sera ma dernière prise. Après cela, je me retirerai.

– Je comprends : Susan deviendrait donc une sorte d'appât…

– Voilà. Elle est ma meilleure carte pour mettre la main sur Madison. Je sais qu'il tient à elle. Il viendra la rechercher, je n'ai aucun doute là-dessus ; j'ignore seulement où et quand.

– Que vas-tu faire d'elle en attendant ?

– Je compte la proposer à une vente aux enchères en Louisiane. Le mois prochain, au départ d'Hampton Roads, un bateau chargé d'esclaves ralliera La Nouvelle-Orléans. Je prévois une place pour elle à bord.

Chemin de fer

En entrant dans la ville, Chayton interroge les passants jusqu'à ce que l'un d'eux lui réponde que nous trouverons la demeure de Lindley et Virginia Cooper au nord de la cité, à quelques pas de l'église.

C'est pour eux que nous sommes venus jusqu'à Evansville, une bourgade d'un peu plus d'un millier d'habitants qui ne cesse de s'agrandir si j'en crois le flux constant de colons qui se pressent dans ses rues. La cité ressemble à un immense chantier. Près d'anciennes demeures et de campements de fortune se dressent des dizaines de bâtisses en construction, où des hommes ploient sous des planches et des poutres qu'ils hissent à la force des bras.

Nous frappons bientôt à la porte d'une maison de trois étages, l'une des plus récentes du quartier.

Le domestique qui vient nous ouvrir est pénétré de la rigueur de sa fonction :

– Messieurs, que désirez-vous ?

– Nous souhaiterions parler à Lindley Cooper.

– Si vous n'aviez pas rendez-vous, je crains que cela soit impossible. À qui ai-je l'honneur ?

– Mon ami est un fugitif, se contente de répondre

Chayton. Nous avons fait une longue route pour venir jusqu'ici…

– Veuillez patienter, fait l'homme en laissant la porte entrouverte.

Quelques minutes plus tard, alors que nous n'avons pas osé esquisser le moindre pas vers le hall, le majordome revient vers nous :

– M. Cooper recevra plusieurs invités ce soir. Il vous prie de vous joindre au dîner qu'il donnera en leur honneur. Présentez-vous ici même à vingt heures.

– Bien, cela nous laisse moins de deux heures pour nous préparer, me lance Chayton après avoir consulté sa montre.

– Nous préparer à quoi ?

– À être reçus dans la bonne société. Tu n'imagines pas paraître à ce dîner dans ces vêtements… Il me reste quelque argent, allons le dépenser chez un tailleur et un barbier.

Voilà plusieurs semaines en effet que je n'avais mis les pieds à l'intérieur d'une maison. Après avoir quitté les territoires indiens et avoir traversé l'Iowa, puis une partie du Missouri, nous avions franchi le fleuve à Saint-Louis. En quittant ces régions sauvages, le danger était partout désormais ; et plus nous descendrions vers le sud, plus il deviendrait prégnant. Voilà pourquoi, au lieu de gagner le Kentucky, un État esclavagiste, nous avions choisi de traverser l'Illinois puis enfin l'Indiana.

À l'heure dite ce soir-là, nous nous présentons à nouveau devant le maître d'hôtel qui nous conduit cette fois vers la salle à manger, avant de nous indiquer nos places. À table, après des propos tout d'abord insignifiants, la conversation roule très vite sur la question de l'esclavage. Henry Morris, l'un des invités qui parcourt le pays pour lever des fonds destinés à la cause abolitionniste, hausse alors le ton :

– Il est temps de prendre les armes et d'attaquer les grands propriétaires du Sud.

Notre hôte, un homme au visage austère, tente alors de tempérer sa ferveur :

– Je crois au contraire que nous gagnerons par les urnes. Il n'y a que cette voie qui puisse mener à une paix durable entre les États de l'Union.

– La paix, lui répond Morris, qui avait lui-même connu l'esclavage, vous n'avez que ce mot-là à la bouche ! Vous savez pourtant combien je salue le travail que vous accomplissez chaque jour pour aider les fugitifs. Mais les conférences, les articles de journaux, les prêches, ne mènent à rien. Il n'est plus temps de sauver les hommes un par un, il faut tous les libérer. Et seules les armes ont ce pouvoir.

– La haine appelle la haine, intervient Virginia Cooper. La violence ne fera qu'envenimer les choses.

– Mais aucune guerre, chère madame, n'a jamais été gagnée en reculant, ni en faisant des politesses à ses ennemis. Les propriétaires du Sud n'entendent qu'une seule voix : celle de la poudre. Croyez-moi, il est temps que cesse cette barbarie.

Soucieux d'apaiser le débat, M. Cooper se tourne alors vers moi :

– Et vous, de quel État venez-vous ? Nous ne vous avons pas encore entendu…

– J'ai grandi en Virginie, dans une plantation de tabac d'où je me suis évadé… Mais une longue route m'attend encore et je suis ici pour trouver l'aide nécessaire à la poursuite de mon voyage.

– Si avec mon mari nous avons fondé l'Indiana Anti-Slavery Society, poursuit Mme Cooper, c'est précisément pour venir en aide à des gens comme vous. Que désirez-vous exactement ?

– Mon ami et moi aimerions avoir accès à la carte du réseau de chemin de fer, et connaître l'emplacement des gares.

– Vous n'ignorez pas qu'il s'agit là d'une expression ? Et qu'aucun train n'existe véritablement…

– Bien entendu.

– Pardonnez-moi de m'en assurer, mais l'image d'un chemin de fer souterrain a fait naître un tel fantasme dans l'esprit des évadés qu'ils sont souvent déçus quand ils découvrent qu'ils devront voyager dans le double fond d'un chariot, ou marcher des nuits entières sur des mauvais chemins de montagne…

– Nous avons juste besoin de connaître les noms de ceux que vous nommez les conducteurs de train, précise Chayton.

– C'est entendu. Dès la fin du repas, nous vous dresserons la liste de ceux qui font vivre notre réseau…

Après avoir remercié son interlocutrice, Chayton hésite à poursuivre. Il vide son verre, puis, tout en jetant quelques regards autour de lui, il ajoute :

– Il reste toutefois un détail.

– Nous vous écoutons…

– Eh bien, le jeune Madison se dirige en réalité du nord vers le sud.

Un profond silence tombe dans la pièce.

– Ha ha, très drôle, s'esclaffe enfin un des convives, un certain Gordon Kelly, jeune journaliste du *Friend of Man.*

– Il n'y a là rien de drôle, insiste Chayton quand le calme revient. C'est la stricte vérité.

Comme tout le monde me dévisage, je poursuis :

– J'ai fui seul la Virginie, en effet. Puis je me suis réfugié au Canada. Mais, une fois sur place, j'ai pris la décision de revenir sur mes pas pour sauver ma femme.

– Vous n'êtes pas sérieux, mon garçon…, intervient M. Cooper.

– Jamais je ne l'ai autant été.

– C'est une folie ! ajoute Henry Morris.

Comme je me tais désormais, Mme Cooper prend un ton plus conciliant pour tenter de me faire changer d'avis :

– Vous avez eu une chance inouïe d'avoir survécu et vous voulez maintenant vous jeter dans la gueule du loup ! Croyez-moi, abandonnez cette idée !

Je préfère ignorer leurs remarques, tout en soutenant le regard des convives.

– Si vous me permettez de défendre notre ami, intervient Chayton pour briser le silence, je vous ferais remarquer que vous ne faites que lui répéter qu'il met sa vie en danger. Mais si nous n'avons plus de rêves, alors nous sommes déjà morts. Que nous importe de vivre, même libres, si nous ne vivons qu'à moitié ?

– Vous êtes aussi fou que lui, lance alors Casper Jones, le seul invité resté silencieux jusqu'alors, un homme d'affaires tout en rondeurs, qui profite de ses activités pour faciliter chaque année le passage de dizaines d'esclaves en fuite vers le nord.

– Je suis d'accord sur ce point, tranche Lindley Cooper qui souhaite mettre un terme à ce débat. En tout cas, ne comptez pas sur notre aide. Ma femme et moi avons participé à la création du réseau de chemin de fer clandestin pour sauver des hommes, non pour les envoyer se faire pendre…

Chayton s'apprête à répondre mais je lui fais signe de ne pas intervenir.

– Nombre d'entre vous ont risqué leur vie pour sauver des esclaves en fuite, dis-je en regardant autour de moi. Je vous admire pour cela. Mais survivre n'est pas tout. À quoi me servirait ma liberté si Susan n'est pas avec moi ? Pourquoi devrais-je repartir vers le Canada si mon existence là-bas n'a aucun sens ?

– Sais-tu bien ce que tu risques, mon garçon ? me demande le vieil Henry Morris.

– Croyez-vous que je l'ignore ? Moi aussi, j'ai vu des fugitifs agoniser sur un bûcher.

– Pourquoi ne pas…, hasarde alors le journaliste.

– Oui, nous vous écoutons, l'encourage la maîtresse de maison en voyant qu'il hésite à poursuivre.

– Eh bien, je me disais, pourquoi ne pas remonter vers le nord et prendre une autre femme ?

– Voilà une idée qui ne me semble pas insensée…, ajoute Casper Jones en continuant de manger de bon appétit.

Je jette un regard froid sur chacun d'eux. Puis je pose mes couverts et me lève de table. Après m'être incliné pour saluer mes hôtes, je lance :

– Je retournerai sauver Susan ! Avec ou sans votre aide. Quelle sorte d'homme serais-je si je ne respectais pas ma parole ?

Dans mon dos, j'entends Chayton se redresser à son tour. En me retournant, je le vois esquisser un mouvement dans ma direction, se raviser pour vider son verre d'un trait et finir par me rejoindre.

Une fois dans le hall, le majordome nous remet notre manteau sans un mot. Tandis que je m'en saisis, l'homme me glisse dans la main plusieurs feuilles de papier soigneusement pliées.

– C'est la liste que vous êtes venu chercher, me dit alors celui-ci à mi-voix.

Comme je ne trouve pas tout de suite les mots pour le remercier, il ajoute :

– Apprenez-la par cœur et brûlez-la aussitôt après. Elle ne doit pas tomber entre de mauvaises mains.

Le piège

Deux silhouettes à cheval longent le cours tortueux d'une rivière. Elles progressent sur de mauvais chemins creusés au fil des temps par le pas des cerfs ou des ours. La terre est noire et humide, les frondaisons denses au-dessus de leurs têtes.

– Arrêtons-nous là pour cette nuit, lâche l'homme en mettant pied à terre.

Puis il s'approche de la monture reliée à la sienne par une longe et en force à descendre une jeune esclave qui voyage les poignets liés.

Une fois au sol, à bout de forces, celle-ci s'assied au pied d'un arbre, s'adossant au tronc. À quelques pas de là, l'homme ramasse du bois sec et délimite un foyer avec quelques pierres. L'instant d'après, lorsque les premières flammes s'élèvent dans l'air du soir, il s'adresse à celle qui se trouve dans son dos.

– Tu te demandes sûrement pourquoi je te fais passer par ces sentiers de traverse… Vois-tu, tant qu'on ne s'est pas suffisamment éloigné de la plantation Washington, je me méfie des grandes voies. Les fuyards qui hantent les forêts de Shenandoah y attaquent régulièrement les convois d'esclaves pour les libérer. Et ce n'est pas eux que je compte appâter avec toi, mais un tout autre gibier, plus solitaire celui-là…

Comme il se retourne vers la jeune femme et ne distingue aucune réaction sur son visage, l'homme pose quelques tranches de viande séchée sur les braises et poursuit :

– Tu ne réagis pas mais tu sais très bien de qui je veux parler : de ton mari bien sûr, de Madison… Il viendra te délivrer tôt ou tard, j'en suis persuadé. Pourquoi serait-il reparti du Canada, autrement ?

Un long silence suit ces derniers mots. Après avoir défait les liens de sa prisonnière, Hewell lui tend une assiette et tous deux se mettent à manger sans s'adresser le moindre regard.

– Tu sais, finit-il par ajouter tandis qu'il remplit à nouveau sa propre assiette, j'ai toujours su que je finirais par mettre la main sur lui. Au fil des mois passés à suivre sa trace, cette certitude s'est ancrée d'elle-même au plus profond de mon esprit : je le capturerai et je le marquerai au fer rouge. Il sera alors à moi, je n'ai jamais eu le moindre doute là-dessus.

La dernière bouchée avalée, tandis que le crépuscule épaissit davantage encore l'obscurité, John H. ajoute du bois sec dans le foyer avant de prendre un livre à l'intérieur de sa sacoche. Il s'allonge alors sur une couverture, tout près des flammes, et commence sa lecture. De temps à autre, il lit une phrase tout haut afin de mieux en apprécier le phrasé puis se tait à nouveau.

Une heure s'est écoulée quand Hewell pose soudain son volume. Il ferme alors les yeux et prend une profonde inspiration en écoutant la rumeur de la forêt : le crépitement du feu, la brise qui agite les cimes, le chant des premiers oiseaux de nuit.

– Je me demande si j'entendrai un seul mot sortir de ta bouche avant qu'on accoste en Louisiane, lâche-t-il en se retournant vers Susan.

Comme il aperçoit une infime expression de surprise sur les traits de la jeune esclave, il continue sur un ton plus alerte :

– Tu ignorais donc notre destination ? Bien sûr, comment l'aurais-tu sue, tu étais encore enfermée dans une cave quand j'en ai informé ton maître dans son salon. Je sais pertinemment que son vieux serviteur m'a entendu et qu'il s'est empressé d'en parler autour de lui. Je l'ai fait exprès, figure-toi, pour que la nouvelle arrive aux oreilles de Madison quand il reviendra en Virginie… À cette heure, sans doute a-t-il déjà appris que nous embarquerons depuis la baie de Chesapeake, voilà pourquoi je me tiens sur mes gardes. Il agira sûrement avant notre arrivée au port. Ce n'est pas un marin, il n'a aucune raison de se glisser à bord pour tenter quelque chose en mer. Et je ne pense pas non plus qu'il se rende en Louisiane pour t'enlever au moment de la vente aux enchères. Ce serait de la folie pure, et ton mari est tout sauf un fou… je commence à le connaître depuis le temps que je suis à sa poursuite…

Hewell se lève, repose son livre et saisit une chaîne qui s'achève par un bracelet qu'il verrouille autour d'un poignet de Susan, avant de refermer la seconde extrémité autour de son propre bras.

– Je vais dormir quelques heures et je ne tiens pas à ce que tu t'éloignes… De toute façon, tu n'irais pas très loin dans l'état où ils t'ont laissée. Mais ce n'est qu'une précaution de routine car tu n'as pas l'âme d'une fugitive, toi, n'est-ce pas ? Tu as toujours su rester à ta place, sans faire de vagues, voilà pourquoi je ne te veux aucun mal.

Pour la première fois depuis le départ, Susan se tourne vers Hewell avec une expression de défiance.

– Mais quel est donc ce regard ! dit-il sur le ton de la plaisanterie. Qu'as-tu soudain contre moi, au moment même où je t'assure que je n'ai que de bonnes intentions envers toi ?

Comme la jeune esclave ne répond rien, finissant par baisser la tête, le visage de John H. s'éclaire :

– Ah, j'y suis : tu m'en veux pour t'avoir marquée au fer rouge avant notre départ ? Que veux-tu, c'est une tradition dans ma propre exploitation. Je t'ai achetée, tu m'appartiens, pourquoi aurais-je dû faire une exception avec toi ? Certes, tes bras étaient beaucoup trop maigres pour que je puisse y presser l'initiale de mon nom, voilà pourquoi j'ai dû le faire sur ta cuisse, je n'avais pas le choix, tu comprends…

Bois profond

Forêt de Shenandoah, Virginie

La violence et la soudaineté de l'assaut sont inouïes.

La nuit venait de tomber. Nous regardions les flammes de notre feu de camp s'élever dans l'air quand plusieurs individus ont fondu sur nous.

L'instant d'après, Chayton et moi sommes plaqués au sol. En un éclair, je me retrouve les mains ligotées dans le dos. Les agresseurs nouent alors un bandeau sur mes yeux avant que des bras puissants ne me hissent sur un cheval. L'attaque a duré moins d'une minute. Aucun mot n'a été échangé entre les assaillants. Impossible d'apprécier leur nombre. Une fois en selle, je sens mon cheval avancer au pas.

Seul le bruissement de la faune emplit l'espace, quand, une heure environ après notre capture, je distingue enfin une rumeur. Puis les bruits se font plus précis ; je reconnais bientôt des voix d'hommes et de femmes, des rires d'enfants. On me force à descendre de cheval et à m'asseoir à même le sol avant de m'ôter le bandeau des yeux. Je découvre alors des dizaines d'hommes portant des machettes à la ceinture. Derrière eux se dressent des palissades constituées de troncs entiers, ponctuées par des tours de guet.

– Qui êtes-vous ?

– Je m'appelle Madison Washington et je…

– C'est faux ! Tes papiers d'identité indiquent que tu te nommes Benjamin Adams, lance un individu qui sort une à une les affaires de mon sac. Que faisiez-vous dans ces bois ?

– Nous étions à votre recherche. Je suis moi-même en fuite et je compte faire libérer ma femme, esclave elle aussi.

– Si tu es un fugitif, poursuit-il, pourquoi les documents de cet homme mentionnent que tu lui appartiens ?

– Ces papiers sont des faux, se défend Chayton que l'agresseur vient de saisir à la gorge. Ils m'ont été remis par un imprimeur qui appartient au chemin de fer clandestin. C'est lui qui nous a parlé de votre camp. Vous seuls, d'après lui, pouvez aider mon ami à retrouver sa femme.

– Votre histoire ne tient pas debout !

Tous s'écartent devant l'individu qui vient de s'exprimer. Il semble être leur chef. Le silence retombe autour de nous. L'homme nous observe longuement puis s'agenouille près de moi avant de plonger ses yeux dans les miens.

– Les chasseurs d'esclaves nous ont habitués à tous les stratagèmes pour pénétrer dans notre camp. Tant que nous n'aurons aucune certitude, vous resterez nos prisonniers.

La vie autour de nous retrouve ses habitudes ; nous ne sommes sans doute pas les premiers captifs et personne ne manifeste la moindre curiosité à notre égard. Les femmes semblent aussi nombreuses que les hommes, les unes actionnant des soufflets devant un foyer pendant que d'autres rôtissent du gibier au-dessus des braises. Le campement a des allures de petite ville, avec ses jardins cultivés, ses cuves d'eau de pluie, des peaux de bêtes qui sèchent, et, plus loin encore, une forge et une menuiserie.

Parmi les silhouettes qui passent à portée de voix, l'une ralentit soudain le pas avant de s'immobiliser. Il s'agit d'un vieil homme qui finit par approcher en claudiquant. Quand il n'est plus qu'à quelques pas de nous, il sort un couteau de sa poche et lâche d'une voix rocailleuse :

– Madison !

L'instant d'après, l'individu commence à trancher mes liens. Lorsque la sentinelle se précipite pour l'en empêcher, il la rassure :

– On n'a rien à craindre de lui. C'est bien un fugitif, il vient de la propriété où j'ai grandi.

Il s'agit du vieil Elijah, un ancien esclave qui boite depuis qu'un contremaître lui a brisé une jambe dans son enfance.

– Tout le monde te croyait mort, me dit-il, ou bien à des milliers de lieues d'ici…

Je lui parle alors de mon périple et lui demande à mon tour comment il s'est évadé.

– C'est une drôle d'histoire… Comme je n'étais plus bon à rien dans les champs, le maître a décidé de me vendre, pensant que je pourrais encore faire l'affaire comme domestique. Voilà comment je me suis retrouvé dans un chariot avec des gars de mon âge pour rejoindre un marché aux esclaves en Caroline du Nord. C'était il y a une semaine environ. Pas un instant je n'ai imaginé profiter de l'occasion pour m'enfuir. Et puis avec ma patte folle, je n'aurais pas été bien loin… Mais pour la première fois dans ma chienne de vie, la chance a tourné du bon côté : après notre départ, notre convoi a été attaqué par les hommes que tu vois autour de toi. Deux gardiens ont été abattus et je me suis retrouvé ici.

– La moitié de l'État doit être à votre recherche…

– Sûrement, mais la forêt est grande et nous avons de quoi soutenir un siège. Celles et ceux que tu vois ici ont tous refusé de rejoindre les États libres ; ils sont prêts à se battre jusqu'à la fin. Et puis nous ne sommes pas seuls. Les temps changent, tu sais, l'esclavage a de plus en plus d'ennemis dans le pays.

– Justement, l'homme qui m'accompagne est de ceux-là. C'est grâce à lui si je suis toujours en vie.

Après m'avoir aidé à défaire les liens de Chayton, Elijah nous laisse circuler librement dans le camp, où hommes, femmes et enfants s'apprêtent à participer au repas collectif qui réunit chaque soir l'ensemble de la communauté.

Les mots d'Elijah

« Kanua a grandi dans un clan d'Afrique de l'Ouest. Le seul danger auquel il a été confronté dans sa vie est venu de la forêt : malgré les torches disposées autour des cases et le son des tambours, à la veillée, il n'était pas rare que des fauves s'aventurent jusqu'à l'orée du village. Mais lorsqu'il s'éveille en sursaut cette nuit-là, les sens en alerte, Kanua sait d'instinct que la rumeur qu'il vient d'entendre ne provient pas d'un animal. Il se redresse sur sa natte, sort de sa case, et, à la seule lueur de la lune, ce qu'il aperçoit le terrifie : des hommes armés de poignards et de lances, le visage zébré de traits blancs et rouges, s'apprêtent à fondre sur le village. »

Chayton a autour de lui le public idéal. Les anciens esclaves sont mélancoliques par nature. Excellents danseurs, musiciens instinctifs, ces hommes, ces femmes et ces enfants qui vivent isolés, toujours sur leurs gardes, s'abandonnent le soir tombé aux chants les plus bouleversants, aux mélodies les plus désespérées et aux récits qui leur parlent de leurs ancêtres. Ce soir-là, tous les regards sont tournés vers le conteur.

« Le jeune homme ignore encore qu'il s'agit des guerriers d'une lointaine tribu Wanaba, qui ont patiemment remonté le cours du Kénébé à la recherche d'esclaves. Lorsque les assaillants les surprennent dans leur sommeil, Kanua et les siens se défendent comme ils le peuvent avec des outils de fortune, avec leurs dents, leurs poings. Mais quand le feu dévore le campement, quand les cases s'écroulent, quand les gorges n'ont plus la force de crier, Kanua et les siens sont vaincus. Au lever du jour, les chaînes aux pieds, les captifs sont conduits vers le port de Lomboko où les attend un vaisseau venu de l'autre côté de l'Atlantique. »

Autour des flammes, le visage du conteur prend une teinte de plus en plus chaude, son œil brille davantage encore. Hommes, femmes et enfants ne le quittent pas des yeux. Seul le vieil Elijah semble distrait. Quelque chose paraît le préoccuper. De temps à autre, il jette un regard dans ma direction ; puis, n'y tenant plus, il finit par se lever avant de me faire signe de le suivre. Une centaine de pas plus loin, il me fait entrer dans une case d'où me parviennent, par bribes, les éclats de voix de Chayton.

– Je dois te parler, me dit-il quand nous sommes enfin seuls. Tout à l'heure, lorsque tu m'as raconté ton histoire, je n'ai pas voulu t'interrompre. Mais il est temps que tu saches la vérité à propos de Susan. C'est bien pour elle que tu es là, n'est-ce pas ?

– Oui, je te l'ai dit : je suis venu la délivrer.

– Alors, tu dois savoir que lorsque tu es parti, ta femme a été torturée, puis affamée, avant d'être séquestrée dans une cave. En quelques semaines, elle est devenue méconnaissable. Son visage, déjà creusé par la faim, était défiguré par les coups ; quant à son corps, il est devenu squelettique, c'est à peine si elle avait encore la force de se tenir sur ses jambes.

Ces mots me laissent sans voix. Si les traitements qu'a

endurés Susan étaient habituels pour nous, c'était la première fois qu'elle les subissait, le statut dont elle jouissait dans la plantation l'ayant jusqu'alors épargnée.

Incapable de réagir, j'écoute Elijah poursuivre :

– Quand le maître a fini par comprendre qu'elle ne savait rien, il l'a forcée à travailler dans les champs. Le fouet du commandeur s'est alors abattu sur elle pour la punir de sa lenteur. Mais les privations, les coups, les humiliations, ne sont rien à côté de la nouvelle épreuve qui l'attendait…

Comme il hésite à continuer, je trouve la force de réagir :

– Parle ! Qu'est-ce qu'ils lui ont fait, après ça ?

Le vieil homme ne répond pas tout de suite, accablé par les images qui se bousculent dans son esprit.

– Il ne s'agit pas d'eux, Madison, mais de nous tous… et de toi aussi !

– Comment peux-tu dire une chose pareille !

– Sa plus grande souffrance, Susan la portait dans son cœur. Pour la première fois de sa vie, j'ai lu de la rage dans ses yeux. Mais sa colère n'était pas seulement dirigée contre le commandeur, elle nous concernait aussi, nous qui ne l'avions jamais considérée comme des nôtres. Même après ce qu'elle venait de subir, aucune femme ne l'a soutenue dans les champs. Pire encore : elles riaient de la découvrir dans une tenue d'esclave, qui tranchait avec les robes élégantes qu'elles lui avaient enviées jusqu'alors. Tu vois, les jalousies sont tenaces : même si sa peau était sombre, Susan restait cette fille qui servait le thé dans de beaux vêtements pendant que les autres trimaient en plein soleil. Mais c'est surtout après toi qu'elle en avait… toi qui l'as abandonnée du jour au lendemain.

– Mais je comptais la libérer, elle le savait…

– Sans doute. Mais les semaines ont passé, puis les mois. Et elle n'a rien vu venir… Elle ignorait si tu étais encore en vie. Peut-être qu'elle n'a jamais cru que tu reviendrais la sauver.

– Comment peut-elle avoir perdu confiance en moi ?

– Si tu veux savoir la vérité, Madison, elle n'était pas la seule à ne pas croire en toi : aucun de nous n'a jamais pensé que tu réussirais ; tu paraissais si effacé, si discret, tu étais la dernière personne que nous aurions cru capable de s'enfuir… Puis du temps a passé et on s'étonnait de ne pas te voir revenir, traîné derrière le cheval de John H. Certains disaient que tu avais été tué en chemin, d'autres imaginaient que tu avais réussi à gagner le Nord. On savait tous que tu tenais à Susan, mais personne ne te croyait assez courageux pour revenir la sauver…

– Et elle aussi le croyait ?

Elijah marque un nouveau silence.

– Oui, elle aussi sans doute, finit-il par murmurer, même si je suis incapable de te dire ce qu'elle pensait. Tu la connais mieux que moi, jamais elle ne s'est ouverte à personne. Et, de notre côté, nul ne lui a jamais adressé la parole… Mais de toute façon, il est trop tard maintenant.

– Pourquoi, trop tard ?

– Susan va être vendue. À l'heure où nous parlons, elle doit être sur le chemin de Chesapeake.

– Explique-toi !

– La veille de mon départ, Hewell l'a marquée puis emmenée avec lui. On raconte qu'elle prendra place à bord d'un navire avant d'être vendue en Louisiane.

Hampton Roads

– Et en supposant que Susan soit encore là, me dit Chayton en découvrant la baie de Chesapeake, que comptes-tu faire une fois sur place ?

– On avisera le moment venu…

Au long silence qui suit, je comprends que mon ami n'a pas davantage d'idées que moi sur la manière dont nous la délivrerons des mains de Hewell. Pendant cinq jours et cinq nuits, nous avons poussé nos montures vers l'est, obsédés par l'idée d'arriver à temps, sans penser cependant à échafauder le moindre plan.

De notre position, légèrement dominante, nous apercevons les quais d'Hampton Roads. Une douzaine de navires s'y trouvent amarrés tandis que d'autres, toutes voiles dehors, s'y croisent en aval du fleuve, les uns revenant de la haute mer, les autres descendant vers l'Atlantique.

– Il n'est plus temps d'hésiter, lance Chayton pour me tirer de mon incertitude.

Au même moment, il engage sa monture sur l'unique voie qui conduit à la baie, en tenant en main une longe qu'il a reliée un instant plus tôt à ma jument, afin de laisser croire que je lui appartiens.

À mesure que nous approchons des quais, il devient de plus en plus difficile de nous frayer un passage parmi les charrettes de commerçants et l'armée d'ouvriers portuaires qui sillonnent l'espace, les uns se pressant vers les passerelles des navires à l'amarre, les autres acheminant de pleins ballots de tabac ou de coton vers les voiliers en partance pour d'autres continents. Tout comme les marchandises, les voyageurs qui débarquent ici viennent indifféremment d'Europe ou des États de l'Union. Nous côtoyons aussi bien des colons désargentés, ayant investi leurs derniers sous dans le prix de la traversée, que des familles entières, richement vêtues, venues de France ou d'Angleterre, et donnant de la voix pour faire acheminer leurs malles vers des diligences.

Après plus d'une heure passée dans cette fourmilière, j'aperçois enfin des chariots contenant des esclaves. Comme les navires négriers venus d'Afrique sont illégaux, il ne peut s'agir que d'hommes et de femmes transitant entre deux États fédéraux. Je descends de cheval pour m'ouvrir un passage à travers la foule et m'assurer que Susan se trouve parmi eux.

– Attends, me dit Chayton en me montrant les convoyeurs qui surveillent les esclaves. N'oublie pas que tu es recherché. Si ta femme se trouve parmi eux, sa réaction en te voyant te trahirait aussitôt.

– C'est un risque que je dois courir, je ne suis pas venu jusqu'ici pour rester les bras croisés…

– J'ai une meilleure idée. Reste là et garde les chevaux. Fais-toi le plus discret possible.

L'instant d'après, Chayton se dirige vers les chariots qui ne se trouvent qu'à quelques encablures de la *Créole*, un deux-mâts d'une centaine de pieds battant pavillon américain. Une fois sur place, il observe ostensiblement les captifs de l'œil averti d'un commerçant inspectant de nouveaux articles. Puis il s'approche d'un convoyeur et lui lance :

– Vous avez là quelques spécimens qui m'intéressent… Je suis prêt à vous en offrir un bon prix.

– Désolé, m'sieur ! On ne vend rien ici…

– Mais où alors ? J'ai de quoi payer, vous savez…

– Il faudra vous rendre en Louisiane et participer à la vente aux enchères.

Chayton fait un petit signe de tête pour indiquer qu'il a compris, sans abandonner pour autant son idée. Il continue de scruter les esclaves, passant d'un chariot à l'autre, jusqu'à ce que ses yeux s'arrêtent sur une jeune femme dont il remarque la maigreur.

– Tenez, celle-ci, par exemple, qui n'a que la peau sur les os ; quand bien même elle survivrait au voyage, ce dont je doute, elle ne vous rapportera pas beaucoup d'argent… J'en offre un prix que personne ne vous proposera jamais en Louisiane, ni ailleurs…

Chayton plonge alors son regard dans celui de la jeune femme et s'étonne de ne déceler aucune réaction de sa part. Ses traits sont parfaitement inexpressifs, comme si elle dormait éveillée. Sans paraître s'en émouvoir, il tend son bras vers elle, essayant d'apprécier le galbe de ses jambes quand il aperçoit une cicatrice purulente en forme de H.

Le convoyeur, qui a suivi la scène à distance, finit par lancer :

– Si vous tenez vraiment à l'emmener avec vous, voyez ça avec l'un des responsables du chargement.

– Où se trouvent-ils ?

– Regardez là-bas, ce sont ces deux hommes qui discutent avec le capitaine du navire…

Le visage de Chayton se fige en apercevant l'un de ceux qu'on vient de lui désigner. Et plutôt que de se diriger dans sa direction, il rebrousse aussitôt chemin. Peu après, il m'entraîne loin du quai avant de lâcher à mi-voix :

– Il s'agit bien des esclaves qui partent pour la Louisiane, Susan se trouve parmi eux.

– Tu as pu l'avertir ?

– Non, mais elle correspond à la description que tu m'en as faite, et elle porte bien la marque dont tu m'as parlé. Mais il y a autre chose…

– Quoi donc ?

– Hewell est tout près. J'ai aussitôt reconnu l'homme qui m'a demandé de fouiller le chariot où tu dormais.

– Je suppose qu'il est armé…

– Oui, comme tous les convoyeurs. Impossible de tenter quoi que ce soit ici. Nous ne sommes pas de taille…

– C'est ce que je me disais en t'attendant. Voilà pourquoi il ne me reste qu'une chose à faire.

Comme je me dirige vers le navire, décidé à me rendre, Chayton se dresse une nouvelle fois devant moi.

– Tu comptes vraiment te constituer prisonnier ?

– Je n'ai pas le choix ! C'est la seule solution pour rejoindre Susan. Une fois à bord, je tenterai le tout pour le tout.

– Attends encore un peu, ne te livre pas tout de suite. L'équipage n'est pas au complet et les voiles sont encore attachées sur les vergues, autant de signes qui indiquent que la *Créole* n'embarquera pas avant demain.

– Qu'est-ce que tu as en tête ?

– Je vais te vendre ! N'oublie pas que j'ai des papiers qui stipulent que tu m'appartiens. Une fois la transaction faite, j'aurai de quoi te venir en aide…

– Impossible ! John H. va te reconnaître et comprendra immédiatement qui je suis.

– Tu as raison, cet homme est intelligent, il sera difficile de le tromper. Heureusement, il n'est pas seul. Il voyage en compagnie d'un second marchand d'esclaves ; celui-là ne nous connaît ni l'un ni l'autre…

Reddition

Dès cet instant, Chayton et moi épions notre homme, un individu petit et rond, à la figure rougeaude encadrée de deux favoris broussailleux qui rejoignent la commissure des lèvres. Il s'agit de trouver le meilleur moyen de l'approcher. Et de l'approcher seul.

Bien qu'à bonne distance de lui, nous entendons sa voix nasillarde crier ses ordres, suivie de son rire sonore que provoquent les faux pas des captifs perdant leur équilibre sur la passerelle de la *Créole*. La file des esclaves montant à bord semble ne plus finir. J'en compte près de deux cents ce jour-là. J'apprendrai bientôt que, à l'inverse des navires négriers qui traversaient l'Atlantique, ce voilier n'était pas conçu pour le transport d'êtres humains : les détenus s'y trouvaient dispersés dans l'entrepont parmi les caisses de marchandises, et attachés à des anneaux de fer, fixés artisanalement par les matelots à même les poutres.

De ma position, à une trentaine de pas de là, je finis par distinguer la silhouette de Susan. Près d'un an s'est écoulé depuis mon évasion. Pas un instant, durant ma fuite, je n'ai imaginé que nos retrouvailles se dérouleraient dans de telles circonstances. Le vieil Elijah avait dit vrai : elle est méconnaissable dans sa robe de toile grise qui cache à peine sa maigreur. Au lieu de m'effondrer devant cette vision, je suis gagné par une lucidité froide. Les sens en éveil, je la vois emprunter la passerelle sans même se retourner vers la terre. Toute volonté semble éteinte en elle. C'est la première fois que je la vois marcher la tête basse, elle dont on louait – ou jalousait – le port altier, la dignité ; elle encore qui soutenait le regard de ses maîtres et du commandeur, ou encore celui des esclaves qui l'accusaient de n'être pas de leur côté. Aujourd'hui, chacun de ses pas semble lui coûter d'infinis efforts tant elle paraît désespérée.

Tout dans son attitude contraste avec celle du marchand d'esclaves que nous surveillons : elle est aussi décharnée qu'il est gras, aussi sombre qu'il est jovial, lui dont l'hilarité atteint son comble lorsque les convoyeurs plaisantent à propos des captives dont les vêtements volètent dans les rafales, dévoilant par instants leur nudité. Après avoir inspecté l'installation de ce qu'il appelle sa « cargaison », l'homme allume un nouveau cigare et, tout sourire, converse de nouveau avec John H. et le commandant de bord.

Au soir tombé, il descend enfin à quai en compagnie d'un jeune homme, un rouquin d'une quinzaine d'années aussi rondelet que lui, portant pareillement un costume de prix, avec gilet et cravate, et s'empressant de rire de bon cœur à chaque nouvelle plaisanterie des convoyeurs. Resté seul avec lui, l'homme inspire une dernière bouffée de fumée avant de jeter son cigare à la mer ; puis il consulte sa montre à gousset et se dirige vers les bâtiments du port. À une trentaine de mètres de là, ne les lâchant pas des yeux, nous les voyons tous deux s'arrêter devant les enseignes de différentes auberges, ne sachant laquelle choisir. À cet instant, Chayton décide de passer à l'action. Il se met tout à coup à m'insulter et à me frapper du plat de la main. Sa voix puissante attire aussitôt l'attention des passants, encore nombreux autour des navires à l'amarre. Notre homme lui-même finit par se retourner, intrigué par cette altercation. Quand Chayton comprend qu'il a capté son attention, il se rapproche de lui sans cesser de m'accabler de reproches.

– Tu ne me sers à rien, me lance-t-il, je n'ai qu'une envie : te vendre au premier venu. Quel que soit le prix, d'ailleurs, pourvu qu'on me débarrasse de toi !

Arrivé à hauteur du marchand d'esclaves, il le salue en portant la main à son chapeau et lui adresse quelques mots :

– Pardonnez-moi de me donner ainsi en spectacle, mais vous savez ce que c'est : on se montre humain avec eux, et ils en profitent pour nous trahir… C'est dommage, car celui-ci est fort comme un bœuf, et infatigable avec ça… mais il n'obéit pas. Vous savez ce qu'il lui faudrait ? Des coups de trique, matin et soir ! Il marcherait droit avec ça ; c'est bien connu, il n'y a que le langage du fouet qu'ils comprennent ! Mais voyez-vous, je suis trop doux, trop compréhensif, ce n'est pas dans ma nature de les rudoyer…

Après ces mots, Chayton me ligote les poignets dans le dos avant de nouer l'extrémité du lien à un anneau fixé dans un mur, comme il aurait attaché un cheval. Puis il se tourne une dernière fois vers moi :

– Et ne compte pas sur un repas ce soir ! Je boirai à ta santé pendant que tu attendras que j'aie fini de dîner.

Resté seul, je devine sur moi le regard de notre homme. D'un geste d'humeur, il écarte des colporteurs qui lui proposent des bijoux artisanaux et toutes sortes de petits articles bon marché. Après s'être approché, il m'inspecte de la tête aux pieds, comme il l'aurait fait d'une simple marchandise posée là. Puis il se frotte le crâne, absorbé dans sa réflexion :

– Qu'en penses-tu, Theophilus ? demande-t-il au garçon qui le suit comme son ombre.

Tout heureux d'être considéré comme un véritable associé dont on sollicite l'avis, ce dernier se met à m'observer à son tour, n'hésitant pas à me toucher pour apprécier la rondeur d'un muscle.

– Il me paraît en excellente santé, il y a peut-être une bonne affaire à faire…

– C'est exactement ce que je pensais ; tu apprends vite, Theo, tu feras un bon négociant, toi aussi…

Tous deux pénètrent dans l'établissement. À travers la vitre, je les vois s'approcher de Chayton. L'instant d'après, l'homme lui offre un verre. Le reste de la conversation me sera rapporté cette même nuit.

– Bonsoir, je m'appelle Thomas MacCargo et voici mon neveu Theophilus. Dites-moi, vous souhaitez vraiment vous débarrasser de l'individu qui attend dehors ?

– Ma foi, l'idée ne serait pas pour me déplaire, mais je ne voudrais pas vous tromper sur la marchandise : à lui seul, ce gaillard est capable d'abattre la besogne de cinq hommes, mais comme je vous l'ai dit, il n'est pas très docile…

Le vendeur d'esclaves est secoué d'un petit rire :

– Ne vous en faites pas pour ça, si nous faisons affaire, je l'emmènerai quelque part où il deviendra très obéissant. En Louisiane, ils savent comment mater ce genre d'étalon…

– Voilà qui lui ferait le plus grand bien ! Si vous souhaitez l'acheter, faites-moi donc une proposition, nous pourrons peut-être nous entendre.

Le marchand commande une bouteille d'alcool et ressert Chayton, qui vide son verre d'un trait avant d'étaler sur la table un document stipulant qu'il possède légalement Benjamin Adams, acheté trois ans plus tôt à un certain George Carlson, un propriétaire terrien de Richmond.

– Ces papiers seront à vous dès que nous tomberons d'accord sur un prix.

Son interlocuteur parcourt le document puis le replie avant de le reposer sur la table.

– Que diriez-vous de deux cents dollars ?

Chayton vide un nouveau verre sans répondre. Puis il grimace, dodeline de la tête avant de hasarder :

– Il me semble que quatre cents seraient plus appropriés…

– Mais enfin, monsieur, vous disiez vous-même il y a un instant que vous vous en débarrasseriez à n'importe quel prix.

– J'ai parlé sur le coup de la colère…

– Alors disons deux cent cinquante et n'en parlons plus.

– Pour trois cents dollars, il est à vous, dit Chayton en tendant la main vers son interlocuteur.

– Affaire conclue !

L'instant d'après, MacCargo s'empare du document de propriété avant que son vendeur ne se rétracte. Puis, sous les yeux de son neveu qui n'a pas perdu un mot de la transaction, il compte discrètement les billets d'une liasse qu'il avait sur lui avant de la poser sur la table.

– Vous me semblez un homme d'honneur : je ne prendrai pas la peine de recompter, dit Chayton en enfouissant l'argent dans sa veste. Benjamin est donc à vous ! Cependant, vous devrez encore attendre un peu avant d'en prendre possession…

– Mais comment ! Nous avons désormais un accord…

– Certes, mais vous ne l'emmènerez qu'après avoir tous deux accepté mon invitation à partager mon dîner… que nous arroserons d'une nouvelle bouteille de cet excellent bourbon !

Hilare, le marchand d'esclaves serre de nouveau chaleureusement la main de Chayton en ajoutant :

– Voilà comment j'aime conclure une affaire ! Invitation acceptée, nous mourons de faim !

Le repas entre les trois hommes s'éternise. Chaque fois que ses invités vident leur verre, Chayton les remplit aussitôt avant de saisir la moindre occasion pour porter un toast et les forcer de nouveau à boire. À ce rythme, le neveu du vendeur est le premier à s'affaler sur la table tandis que son oncle, repu de nourriture et de boisson, ne s'assoupit sur sa chaise qu'après avoir éclusé une troisième bouteille. Alors seulement, Chayton se lève le plus discrètement possible. Une fois à l'extérieur, il dénoue mes liens tout en brandissant deux billets de dix dollars au-dessus de sa tête. Puis il crie en direction de la nuée de vendeurs ambulants qui sillonnent le port que cette somme reviendra à celui qui me rapportera le premier du fil et une aiguille ainsi qu'une lime. Très discrètement cette fois, il glisse alors dans ma main les trois cents dollars que vient de lui remettre MacCargo.

– J'ai peu de temps devant moi, alors écoute ce que tu vas faire : dès qu'un de ces petits vendeurs t'aura amené de quoi coudre, dissimule ces billets et la lime dans une doublure de ta chemise. Quand tes nouveaux propriétaires auront dessoulé, ils t'emmèneront avec eux sur le bateau. Après ça, je ne pourrai plus rien pour toi.

La *Créole*

Quand Thomas MacCargo prend possession de moi ce soir-là, il confie l'extrémité du lien noué autour de mes poignets à son neveu, lequel, du haut de sa quinzaine d'années, et avec une joie arrogante, me tire derrière lui comme il aurait traîné une bête de somme. S'il m'arrive de ralentir le pas, ce petit être tout en rondeur, dans un costume trop grand pour lui, se met alors à m'insulter, comme il l'a vu faire autour de lui. « Il paraît que tu n'aimes pas obéir, me dit-il d'un ton narquois, eh bien, je vais t'apprendre, moi ! » Puis il me distribue des coups de pied, avec l'assurance que lui offre la présence de son oncle à quelques pas de lui.

Si je ne réagis pas, c'est que mon esprit est ailleurs. Je sais qu'une fois à bord il me faudra agir pour reprendre ma liberté et arracher celle de Susan. Jamais je n'ai mis les pieds sur un voilier, je n'avais même jamais vu la mer avant d'atteindre la baie de Chesapeake.

Lorsque je foule le pont pour la première fois, mon nouveau maître me force à me débarrasser de mes chaussures et de ma veste pour ne garder sur moi que ma chemise et mon pantalon de toile. Quelques heures plus tôt, quand un vendeur des rues m'a apporté du fil et une aiguille, j'ai eu l'idée de partager la liasse de billets en deux et d'en glisser chaque moitié dans les manches de ma chemise, roulées au-dessus du coude ; le bourrelet de tissu, cousu sur lui-même, dissimule parfaitement l'épaisseur de la somme que m'a remise Chayton. Quant à la lime, je l'ai cousue le long d'un pli de mon pantalon, où elle passe également inaperçue.

Thomas MacCargo interpelle alors un certain William Merritt, à qui il donne l'ordre de m'enchaîner dans les cales. Il s'agit d'un être rugueux, avare de paroles, et dont les traits disparaissent sous une barbe épaisse ; c'est lui qui est chargé de surveiller les esclaves. J'apprendrai plus tard que, souhaitant se rendre en Louisiane, il avait proposé ses services de gardien contre une place à bord. Sans un mot, il me pousse devant lui et, à la lueur d'une lampe à pétrole qu'il tient à bout de bras, je découvre des dizaines de corps endormis parmi des caisses de marchandises.

Les esclaves sont couchés à même le sol, dans une moiteur d'où s'élèvent des odeurs d'excréments et de vomissures. La plupart d'entre eux sont la proie d'un mauvais sommeil : les uns gémissent ou parlent en rêvant ; d'autres, dont les chaînes reliées à leurs poignets sont fixées au-dessus de leur tête, sont forcés de se redresser alors qu'ils viennent de s'assoupir afin de faire circuler le sang dans leurs bras. L'endroit n'est occupé que par des hommes, dont j'estime le nombre à près de cent cinquante. J'imagine que les femmes se trouvent dans un autre entrepont.

Au matin, j'entends au-dessus de ma tête des ordres criés à pleins poumons. Puis je sens le navire se déhaler du quai, un mouvement aussitôt suivi par un début de roulis. Le branle-bas des manœuvres d'appareillage et les premiers rais de lumière qui s'infiltrent entre les planches finissent de tirer du sommeil les hommes couchés à mes côtés. Torturés par la faim et la soif, hantés par la peur, c'est à peine si ces derniers remarquent ma présence. Peu de mots sont échangés entre nous. Qu'aurions pu nous dire ? Tous savent ce qu'il adviendra d'eux s'ils survivent à leurs conditions de détention. Ils seront vendus aux enchères une fois arrivés en Louisiane ; la seule différence par rapport à la vie qu'ils ont menée jusqu'ici, c'est qu'ils travailleront dans un champ de coton ou de canne à sucre au lieu d'un champ de tabac. Pour le reste, rien ne changera. Nés esclaves, ils vivront de nouveau sous le fouet et mourront esclaves.

Je reste attentif à tout ce qui se passe autour de moi. Je retiens chacun des ordres donnés aux matelots, aussitôt répétés par une voix plus forte, elle-même suivie de bruits de pas, de grincements de poulies et de brusques mouvements de gite. Ainsi, à mesure que le jour monte, le roulis de la *Créole* devient plus prononcé, bientôt accompagné du tangage, dont les à-coups les plus marqués nous précipitent les uns sur les autres. Si l'entrepont est dépourvu du moindre hublot, il n'est pas difficile d'imaginer que nous avons quitté les eaux du fleuve et que nous naviguons désormais en pleine mer.

Plusieurs heures après notre départ, alors que les soubresauts désordonnés de la coque ont cessé et que le navire semble installé sur sa route, William Merritt fait irruption dans la cale, accompagné de deux membres d'équipage. Avec eux entre un torrent de lumière qui se déverse sur nous. Pendant que nos yeux s'habituent à cette lueur aveuglante, notre gardien nous observe en silence. Puis il pointe son doigt sur moi et cinq autres esclaves.

– Détachez ces six-là, ordonne-t-il aux deux matelots.

Peu après, je monte l'échelle qui mène au pont supérieur. La première sensation qui m'assaille est celle de l'air frais s'engouffrant dans mes poumons. Je laisse le vent me fouetter le visage et j'ouvre ma bouche dans sa direction, comme un être précipité dans l'eau, une fois remonté à la surface, respire à grands traits l'air qui lui a manqué. Puis mon regard remonte vers les voiles qui forment une muraille blanche au-dessus de moi. Il y en a un peu plus d'une dizaine en tout, rectangulaires, pour celles qui s'étagent sur les deux mâts, puis triangulaires à l'avant du navire. Ce n'est qu'après un temps que mon regard se porte sur la mer. Durant mon périple à travers le pays, j'ai longtemps longé les eaux grises du Mississippi, puis celles plus turbulentes de la rivière Minnesota, avant de contourner les Grands Lacs, aux vagues courtes qui ridaient la surface sous des cieux bas et lourds ; mais rien de cela n'était comparable aux mouvements amples de la houle, à ces creux dans lesquels plonge la proue du navire avant de faire jaillir autour d'elle des nuages d'embruns.

En me retournant, j'aperçois encore une ligne de terre derrière les brumes qui estompent les lointains ; nous sommes en train de nous éloigner du continent comme si, au lieu de rallier la Louisiane en longeant les côtes, nous devions traverser l'océan. J'imagine alors qu'il est préférable de gagner la haute mer pour se prévenir des récifs.

J'observe un instant l'homme à la barre, dont le regard va et vient entre la ligne d'horizon et la boussole fixée devant lui. Le reste de l'équipage semble désœuvré. Par groupes de deux ou trois, les matelots sont assis ou allongés sur le pont, les uns jouant aux dés sur un tonneau, les autres fumant une pipe ou prisant du tabac. Instinctivement, je me mets à les compter, ainsi que les officiers, reconnaissables à leur uniforme. Outre le capitaine, dont je n'ai aperçu l'imposante silhouette qu'une seule fois, j'ai noté la présence de deux lieutenants à bord. En tout, je ne dénombre pas plus de douze individus. Je m'étonne d'ailleurs qu'ils soient si peu nombreux et j'imagine que d'autres matelots se trouvent dans leurs quartiers, dans le ventre du voilier.

Une fois les six esclaves sur le pont, William Merritt nous demande de le suivre jusqu'à un petit homme aux cheveux gris qui nous hèle d'un ton sec. Il s'agit d'un affranchi qui travaille comme cuisinier. Nous partageons la même couleur de peau, la même histoire aussi ; celui-ci cependant ne semble pas disposé à engager la conversation avec nous. Il applique les ordres à la lettre, ne manifestant pas la moindre empathie envers les esclaves du bord.

– Suivez-moi, lance-t-il sans même nous accorder un regard.

Après nous avoir escortés jusqu'aux cuisines, il nous indique trois grosses marmites pleines d'un ragoût de haricots où surnagent quelques morceaux de lard. Comme il n'y a pas suffisamment de gamelles ni de couverts pour les deux cents captifs qui attendent dans les cales, il nous explique qu'il nous faudra faire circuler les récipients parmi les esclaves et chacun se servira à pleines mains.

Le quartier des femmes

Chaque jour, j'essaie d'entrer en contact avec Susan. Je la devine si proche et si lointaine, prisonnière d'un compartiment du navire qu'il me faut découvrir. Cette ombre, que ses compagnes doivent à peine avoir remarquée, est la seule raison de ma présence à bord. À défaut de la voir, de lui parler, je souhaite lui faire savoir que je me trouve là ; et que je suis venu pour elle.

Avant la fin de chaque repas, alors que les membres d'équipage ne sont pas encore reparus pour refermer les chaînes autour de nos poignets, je profite de quelques minutes de liberté pour m'aventurer entre les différents entreponts du voilier, poussant chaque jour davantage mon exploration. Voilà comment, au cinquième jour de mer, guidé par des éclats de voix féminines, j'emprunte une coursive menant vers le carré des officiers. Là, je m'arrête près d'une cabine d'où s'échappent des cris. Je n'ai que le temps de me dissimuler derrière un escalier quand un homme en sort. Il s'agit de William Merritt, notre gardien.

– Je vous ai choisi les plus jeunes et les mieux faites, lance-t-il avant de s'éloigner. Appelez-moi quand vous en aurez fini avec elles.

Quand la voie est libre, je m'approche sans bruit de la porte restée entrouverte. Je découvre alors les deux jeunes esclaves que Merritt vient de ramener du quartier des femmes. L'une d'elle, âgée d'une douzaine d'années, croise mon regard dans l'embrasure de la porte. Elle me supplie de lui venir en aide alors que le capitaine du navire lui arrache déjà sa robe. Une fois sa proie dénudée, il laisse glisser son pantalon sur ses chevilles et la pénètre de force sur son lit. À côté d'eux, l'un de ses lieutenants abuse pareillement d'une autre jeune fille, à peine plus âgée que la première, qui se débat plus longuement avant de subir le même sort.

Je frémis. Mon premier élan est de me précipiter vers elles pour les délivrer. Mais je me retiens d'intervenir. Désarmé, isolé, je n'ai aucune chance de triompher des deux hommes. Alors, craignant à tout instant d'être découvert, je rebrousse chemin et me réfugie plus profondément encore dans les entrailles du navire.

Là, je découvre un entrepont dont l'accès est fermé par une porte verrouillée de l'extérieur. Il s'en échappe des chuchotements et des plaintes discrètes qui me font penser à celles de mes propres compagnons, gagnés par le mal de mer ou par la fièvre. J'appelle alors Susan. Aussitôt, le silence se fait. Je répète son nom et perçois enfin de timides échos qui le répercutent de bouche en bouche. Peu après, j'entends enfin ces quelques mots prononcés d'une voix à peine audible.

– Chaïn ?

– Oui, c'est moi… Je suis là pour toi. Je suis venu tenir la promesse que je t'ai faite. Bientôt, nous serons libres…

Susan ne trouve pas la force de me répondre. Je pense

tout d'abord qu'elle s'est laissé envahir par la même émotion qui vient de me saisir en entendant sa voix. Puis j'imagine une autre raison à son silence. Alors que, durant des mois, elle avait gardé l'espoir de me savoir en vie, elle n'avait plus aucun doute désormais sur le sort qui m'attendait : celui des fugitifs retombés entre les mains de leurs maîtres. En découvrant que j'étais à bord, sans doute a-t-elle aussitôt pensé que j'avais perdu la tête. Pour elle, mon projet était insensé. À aucun moment, pendant les années où nous avions vécu en Virginie, elle n'avait cru en moi quand je lui promettais que nous serions libres ; et, ce jour-là, à bord de la *Créole*, sûrement moins que jamais.

Une planche qui grince dans mon dos me fait sursauter. Je n'ai que le temps de décamper. De retour dans ma cale, je prends part à la toute fin de la répartition de la nourriture entre les détenus. William Merritt, incommodé par l'odeur qui règne parmi nous, n'assiste jamais à notre repas, ne revenant que pour nous enchaîner, mes cinq compagnons et moi.

Plus tard dans l'après-midi, en repensant à ce qui vient de se passer, je prends conscience qu'aucune des compagnes d'infortune de Susan n'a réagi en m'entendant parler de liberté. Pas une d'entre elles n'a cru cela possible. Je touche alors du doigt ma propre folie, celle-là même qui m'a poussé à traverser le pays avant de me constituer prisonnier à bord d'un navire ralliant la Louisiane. Mais cette pensée ne me fait pas pour autant douter de moi.

Face à face

En remontant sur le pont ce jour-là, je remarque aussitôt que les risées ont fraîchi. La couleur du ciel aussi a changé. Le bleu profond des premiers jours a laissé place à une sorte de frondaison d'écume. Plus aucune côte ne se dessine à l'horizon. Une idée s'impose immédiatement à moi : nous sommes enfin en pleine mer, et si, d'aventure, nous nous rendons maîtres du navire, nul ne viendra jamais au secours de l'équipage.

Le vent force. Le premier lieutenant donne l'ordre de réduire la voilure. Aussitôt, des hommes grimpent dans le gréement ; j'entends parler du « grand perroquet », qu'ils doivent ferler au sommet du mât d'artimon ; puis un nouvel ordre commande cette fois de rentrer l'une des voiles d'avant, que trois matelots ramènent dans les soutes du navire.

J'ai suivi le branle-bas de manœuvre sans m'apercevoir que mes compagnons étaient déjà descendus vers les cuisines. Sur le point de les rejoindre, je devine sur moi le regard d'un homme. Je baisse la tête, en signe d'humilité, quand celui-ci se met sur mon passage. Je m'arrête aussitôt. Les yeux toujours baissés, afin de ne pas le dévisager, j'aperçois des pans de sa tenue : ce n'est pas celle d'un officier.

L'individu m'examine de la tête aux pieds. Puis il se met à tourner lentement autour de moi. Lorsqu'il me fait face de nouveau, il me force d'une main à relever la tête. Pour la première fois, je plonge mon regard dans le sien. Je sais immédiatement qu'il s'agit de John H. C'est pour moi une évidence. Ce ne peut être que celui qui m'a suivi jusqu'au Canada, puis a marché dans mes pas avant de perdre ma trace dans la région de Red Lake. Celui aussi qui a gravé son sceau dans la chair de Susan.

– Qui es-tu ?

– Je m'appelle Benjamin Adams, monsieur.

L'homme continue de me scruter. Puis il prend entre ses doigts un pan de ma chemise, celle-là même que Chayton m'a achetée avant que nous nous rendions au dîner chez les époux Cooper ; il en apprécie la qualité, s'étonnant sans doute qu'elle ne soit pas usée par les travaux des champs et ne porte pas non plus de taches de sang, comme celles laissées par le fouet.

– D'où viens-tu ?

– De la plantation Carlson, près de Richmond, monsieur.

– Jamais entendu ce nom-là…

Au même moment, la voix nasillarde de Thomas MacCargo résonne derrière moi :

– Celui-là est à moi !

Mon nouveau maître sort visiblement de table. Suivi comme son ombre par son neveu, il vient d'arriver sur le pont pour fumer un cigare. Il affiche un sourire radieux, inspire une profonde bouffée de fumée et poursuit :

– Qu'en dis-tu, John, j'ai fait là une sacrée affaire, non ?

Figure-toi que je l'ai eu pour trois cents dollars à peine ! J'en tirerai facilement le double en Louisiane… le triple peut-être. Il paraît qu'il n'est pas très docile, mais ils se chargeront de son éducation là-bas…

MacCargo achève sa phrase dans un éclat de rire, aussitôt suivi, comme un écho, par les gloussements plus aigus du jeune Theophilus. John Hewell, en revanche, n'esquisse pas le moindre rictus. Il reste incroyablement concentré, et, lorsque ses yeux quittent les miens, c'est pour me scruter une fois encore de la tête aux pieds. Très calmement, il finit par répondre :

– Étrange, tout de même, qu'on te l'ait cédé pour si peu ; il est fort et paraît en parfaite santé…

Tandis qu'il s'abîme dans sa réflexion, je décèle tout à coup une étincelle dans son regard. Son instinct vient de le mettre sur une piste et il cherche à en avoir le cœur net. Il sort aussitôt un carnet de sa veste, le feuillette nerveusement et s'arrête enfin sur une page qu'il parcourt en silence. Aussitôt après, il observe les marques sur mon cou puis me saisit le poignet avec une force inouïe ; il lui imprime alors un petit mouvement de rotation afin d'observer mon avant-bras. Lorsqu'il aperçoit la cicatrice que je porte depuis l'enfance, je vois ses traits s'éclairer imperceptiblement, comme celui d'un prospecteur venant de découvrir un filon dans la mine qu'il exploitait en vain depuis des mois.

– Lewis, hurle-t-il alors en se penchant au-dessus de l'échelle qui mène aux cabines des voyageurs.

Peu après, un petit être aux cheveux blancs, vêtu d'un costume trois pièces, apparaît en courant. Il s'agit probablement de l'esclave personnel de John H., qui, après s'être usé dans les champs de coton, est devenu domestique à un âge avancé, pour les quelques temps qui lui restent à vivre. À la manière dont il s'est précipité en entendant son nom, celui-ci semble vivre dans la terreur des coups.

Avant même que l'esclave n'arrive à sa hauteur, John H. lui ordonne de lui ramener une toise dépliante qui se trouve dans sa cabine. Quand le vieil homme reparaît enfin, le souffle court, son maître la lui arrache des mains et la déploie contre moi.

Thomas MacCargo, qui n'a rien perdu de la scène, abandonne peu à peu de sa bonhommie. Son expression hésite maintenant entre inquiétude et excitation, comme s'il s'attendait à une révélation.

– Que se passe-t-il ? finit-il par demander. Il vaut bien mille dollars ? C'est bien ça ?

– Je dirais même qu'il n'a pas de prix…

Comme lui et son neveu retrouvent enfin le sourire, John H. s'empresse d'ajouter :

– Je ne parle pas de sa valeur financière… Il s'agit plutôt d'une affaire personnelle.

– Mais qu'a-t-il de si particulier à la fin ? Il ne peut pas s'agir d'un fugitif : ses papiers sont en règle… Il s'appelle Benjamin… Benjamin Adams.

Après m'avoir mesuré, John H. replie sa toise.

– Six pieds et un pouce, m'annonce-t-il, ça correspond exactement à la description qui m'a été faite de toi au lendemain de ton évasion. Sans parler de cette cicatrice, là, sur ton avant-bras. La stature, la dentition, la taille, l'âge : tout correspond !

Il se tourne enfin vers Thomas MacCargo et ajoute dans un sourire cynique :

– Désolé pour toi, Thomas : il n'y a aucun Benjamin Adams à bord. Je suis prêt à parier toute ma fortune que cet homme-là s'appelle en réalité Madison Washington !

– C'est impossible ! Les documents en ma possession sont formels. Il a été vendu une première fois à Richmond...

Puis, se tournant vers son neveu :

– Theo, ramène-moi tout de suite l'acte de propriété dans la cabine... On verra bien qui a raison !

John Hewell ne l'écoute plus. Il continue de me fixer comme si nous étions seuls au monde.

– Ainsi, tu es bel et bien tombé dans mon piège. Et dire que j'ai commencé par poster mes meilleurs hommes autour de la plantation avec ton signalement. Puis je t'ai suivi par-delà les confins du pays alors qu'il me suffisait de t'appâter avec Susan.

John H. marque un silence. Puis il esquisse un sourire avant d'ajouter :

– Je suis toujours étonné de découvrir que vous éprouvez des sentiments les uns pour les autres. C'est souvent cette faiblesse qui vous fait commettre des erreurs. Pourquoi ne vous contentez-vous pas d'obéir et de faire ce qu'on vous demande ?

Je garde le silence tandis que MacCargo s'interpose entre nous :

– C'est certainement une erreur, insiste-t-il ; il doit s'agir d'une simple ressemblance !

Comme il n'obtient aucune réponse, ce dernier laisse libre cours à sa colère et s'en prend à moi, me frappant à plusieurs reprises de sa canne.

– Mais dis-le-lui, toi, que tu t'appelles Adams ! Benjamin Adams ! Dis-le-lui !

Au même moment, son neveu revient sur le pont. Il lui arrache le document des mains et le tend fièrement à Hewell dont le regard ne me quitte pas, comme certains admirent un trophée de chasse. John H. finit cependant par parcourir le contrat. Puis, sans un mot, il le déchire ostensiblement sous les yeux de son propriétaire. Ivre de rage, Thomas MacCargo se précipite sur lui, saisissant les revers de sa veste à pleines mains. Mais il ne fait pas le poids. Tout à fait maître de lui, Hewell le repousse d'une puissante pression sur la poitrine qui le fait rouler à terre, à quelques mètres de là, où son neveu l'aide à se relever.

– Tu vas me le payer ! Il est à moi !

– Tu t'es fait avoir, mon vieux, j'ai ici un mandat de recherche le concernant…

– Mais qui va me rembourser ?

– Cette question ne me regarde pas.

Plusieurs hommes d'équipage se sont avancés. Attirés par l'altercation, ils font désormais cercle autour de nous. John H. demande alors à William Merritt d'en choisir trois parmi eux afin de me maintenir au sol. Pris de panique, je me débats violemment, et deux autres matelots doivent leur prêter main forte pour m'immobiliser. J'entends alors Hewell ordonner au vieux Lewis de lui ramener sa marque de fer en forme de H. Je comprends aussitôt ce qui m'attend mais je suis incapable de me dégager de l'étreinte qui pèse sur moi.

Cette scène vient d'attirer les officiers. Pour la première fois depuis notre départ d'Hampton Roads, je vois réunis sur le pont le capitaine et ses deux lieutenants. Tous trois sourient, ravis du spectacle qui leur est donné, ne désirant à aucun prix se mêler de cette histoire qui est du ressort des marchands d'esclaves. Pendant ce temps, en serrant la tige de fer dans un linge, John H. rougit patiemment sa marque à la flamme d'une lampe à pétrole. Quand le métal devient incandescent, il s'approche de moi et relève plus haut encore ma manche au-dessus du coude, posant brièvement ses mains sur l'une des liasses de billets dissimulée sous le tissu. Mais, concentré sur sa tâche, il ne se rend compte de rien. L'instant d'après, il presse le fer sur mon bras.

Dans les instants qui suivent, prostré par la douleur, j'entends à peine les mots qu'il m'adresse :

– Dire que j'ai également marqué ta mère et ta femme… il ne restait plus que toi. C'est la Providence qui t'envoie.

George

Quand Merritt me ramène dans la cale, tous les regards se tournent vers moi. Les esclaves avaient perçu mes cris, réduits à imaginer la scène qui se déroulait au-dessus de leurs têtes. À présent, ils peuvent voir la marque purulente que je porte sur le bras, accompagnée d'une puissante odeur de chair brûlée.

Les heures passent et ma douleur semble ne jamais pouvoir s'atténuer. Je pourrais frémir en me disant que ce que je viens de vivre n'est qu'un avant-goût de ce qui m'attend, si Hewell parvient à me ramener à la plantation Washington, où je serai supplicié en public. Mais cette idée ne me traverse pas l'esprit ; ce qui me fait plus mal encore, c'est d'imaginer que Susan a subi le même sort. Si je ne l'ai pas amenée avec moi la nuit de mon évasion, c'est précisément pour lui éviter d'être capturée et torturée. Je n'imaginais pas alors qu'on puisse s'en prendre à une esclave pour la faute de l'un de ses proches. Naïvement, je pensais qu'en tant que fille cachée du maître elle serait épargnée. C'était mal connaître le ressentiment des propriétaires.

Loin d'entamer ma détermination, cet épisode l'a portée à son paroxysme : je n'ai plus rien à perdre désormais.

Pour tenter d'oublier la douleur, je force mon esprit à se concentrer sur la tâche qui m'attend. En attirant l'équipage autour de moi, John H. m'a permis de connaître les forces en présence. Je poursuis alors mentalement le décompte des hommes à bord. Les matelots sont au nombre de six. Durant mes trajets entre les cuisines et la cale, j'ai pu entendre le nom de certains d'entre eux. Il y a Jacques Lacombe, un Français qui passe le plus clair de son temps à la barre, mais aussi Silvy et Speck, des jeunes gens particulièrement agiles que l'équipage envoie en priorité dans le gréement quand il s'agit de régler ou d'attacher des voiles. Il y a aussi Billy Devereux, l'affranchi qui occupe la place de cuisinier. Des trois officiers à bord, je ne connais alors que le nom du second, Lucius Stevens, un être au regard glaçant, particulièrement craint par l'équipage. C'est de lui dont il faudra nous méfier en premier lieu : non seulement il est armé d'un sabre et d'un pistolet, mais tout dans son attitude, de sa démarche alerte à sa voix puissante quand il hurle ses ordres, prouve sa détermination. À ces dix individus, il faut ajouter notre gardien, William Merritt, mais aussi John Hewell, Thomas et Theophilus MacCargo, et enfin leur vieil esclave, Lewis, dont j'ignore s'il se rangera de notre côté ou pas dans le feu de l'action. Il ne se trouve en tout que quinze hommes en mesure de combattre, dont moins de la moitié sont armés.

Quinze contre cent cinquante. Voilà ce que je me dis intérieurement cette nuit-là. Je finis même par articuler cette phrase tout haut, comme une formule hypnotique qui m'aiderait à braver la douleur. À force de la répéter, elle finit par s'imposer en moi comme une injonction à passer à l'action. Quinze contre cent cinquante ! Il faut que les officiers soient sûrs de la crainte qu'ils inspirent pour se permettre d'avoir aussi peu d'hommes avec eux. Je reste persuadé qu'ils ne feraient pas le poids en cas de soulèvement. Il ne s'agit pas de soldats, ni de miliciens avides d'en découdre. La plupart sont des marins, certes habiles à monter dans les gréements, à hisser ou ferler des voiles, à affronter les coups de vent, mais sauraient-ils se battre à mains nues ?

Par ailleurs, nul parmi eux n'envisage l'éventualité d'une mutinerie. Même William Merritt, qui vit pourtant à notre contact, n'imagine pas qu'il risque sa vie. Pour l'équipage, nous sommes une marchandise comme une autre, aussi peu susceptible de se rendre maître du navire que ne le feraient de vulgaires caisses de marchandises. En traversant le pont, je suis frappé par la sérénité qui y règne. Des ordres sont certes criés de temps à autre, mais ils ne concernent que des manœuvres de virement de bord ou de réduction de la voilure. Puis le calme revient. Même si le vent fraîchit ces dernières heures, la mer est loin d'être menaçante et officiers et vendeurs d'esclaves, en dehors des heures de repas, devisent ensemble sur le château arrière. Un observateur extérieur découvrant le pont du navire penserait aussitôt à un voyage d'agrément entre gentilhommes, ponctué de rires et de conversations courtoises, sans se douter un instant de la présence de deux cents individus séquestrés en dessous d'eux dans une demi-obscurité, souffrant tous les maux de la terre.

Pourtant le feu couve. Moi seul le sais. La *Créole* n'est pas un vaisseau négrier. Ses cales sont dénuées de ces longues barres auxquelles les esclaves sont reliés entre eux par les chevilles et dont nul ne peut venir à bout. Nous nous trouvons à bord d'un voilier de commerce aménagé à la hâte pour le transport d'êtres humains ; de simples outils auront raison de nos chaînes. Quant à l'affrontement, s'il a lieu, il a de bonnes chances de tourner à notre avantage : outre le nombre, qui est en notre faveur, l'effet de surprise jouera un rôle crucial.

Si nous libérer de nos fers me semble à notre portée, il reste cependant une difficulté majeure à surmonter : convaincre mes compagnons de se dresser contre leurs maîtres. S'ils sont encore en vie aujourd'hui, c'est que nul parmi eux n'a encore défié leur autorité. Ils ne se sont jamais révoltés à terre, pourquoi le feraient-ils en mer aujourd'hui ? Chacun connaît le sort réservé aux rebelles. La peur l'emportera sans doute une fois encore.

Ce soir-là, je brandis pourtant l'idée d'une mutinerie. Mais seule ma voix emplit l'espace, où peu de mots sont échangés entre les détenus qui souffrent pour la plupart du mal de mer, de la faim, de la soif, et dont les membres engourdis deviennent plus douloureux chaque jour. Quelques-uns cependant tournent la tête dans ma direction. Je tente de les persuader qu'une fois maîtres du navire, nous pourrions gagner l'Afrique. Je leur répète mot pour mot ce que j'ai entendu à la table de Lindley Cooper un mois plus tôt, à savoir que le Congrès a commencé à rapatrier d'anciens esclaves vers un nouveau pays : le Liberia. Je leur fais miroiter ce que serait notre nouvelle existence sur le continent de nos ancêtres. Je leur parle de Monrovia, la capitale, où accostent chaque mois des navires chargés d'hommes et de femmes comme nous.

Je parle jusqu'à l'épuisement. Vers la fin, je m'exprime les yeux fermés, m'imaginant en Afrique avec Susan, dans une région où nous n'aurions plus jamais à baisser le regard devant personne. Voilà le Liberia tel que je le vois : le monde de tous les possibles, qui nous accueillera dès qu'on aura trouvé le courage de passer à l'action. Là-bas, nous deviendrons enfin nous-mêmes. Nous changerons de noms, de modes de vie, et même de langue pour oublier les ordres et les invectives entendus depuis l'enfance. Susan y côtoiera des individus ignorant tout de son passé. Elle découvrira ces amitiés qui se sont toujours refusées à elle, elle ne sera plus seule, écartelée entre deux mondes qui la rejettent. Mais lorsque j'entrouvre les yeux, c'est à peine si une dizaine de regards sont encore tournés vers moi. Je finis alors par m'assoupir en ignorant si un seul de mes compagnons m'a écouté.

À mon réveil, j'imagine que la pénombre dans laquelle nous baignons est celle du jour qui pointe, mais c'est celle du crépuscule. J'ai dormi plus de vingt-quatre heures. Un homme m'appelle par mon nom. Je distingue à peine son visage.

– Qu'avons-nous à perdre ? me demande-t-il. La vie ? Mais qu'est-ce qu'une vie quand on est attaché ou qu'on reçoit des coups de fouet à longueur de journée !

Il s'appelle George Grundy. Aujourd'hui, alors que je rédige ce journal dans une cellule où j'attends de savoir si je serai bientôt exécuté ou acquitté, c'est à lui que je pense. Je revois son visage rond, le sourire timide qu'il a esquissé lorsqu'il m'a tendu la main pour sceller notre pacte. Je mesure encore le poids du sacrifice qu'il a fait. Si mon nom, avant de finir par être oublié, a couru un temps sur toutes les lèvres du pays, il est injuste de ne pas l'avoir associé à celui de George Grundy. S'il y a eu un héros sur ce navire, c'était bien lui. Lui et Adam Carnay, dont je parlerai plus loin. Moi, mon sort était scellé depuis que John H. avait découvert ma véritable identité. Je n'avais plus le choix : ne pas agir signifiait être torturé puis exécuté à mon retour en Virginie ; rien, en revanche, ne contraignait George à me suivre. Il a pourtant choisi la liberté, sans penser au prix qu'il lui faudrait payer.

Tandis que je lui serre la main, je cesse pour la première fois de ne penser qu'à Susan et à moi. Dans les quelques mots qu'il vient de m'adresser, George a dit « nous », jamais « je ». Sa pensée est collective. Il a pris sa décision au nom de tous les nôtres. Je ne saurais expliquer comment, par sa seule présence, cet homme a soudain changé la vision de la réalité qui m'entoure. Depuis mon évasion, je n'avais jamais pensé agir un jour au nom de mon peuple. Pourtant, dans la demi-obscurité d'une cale, par une nuit où la mer grossit d'heure en heure, je comprends instinctivement qu'il nous appartient désormais d'écrire une nouvelle page de notre histoire. À travers nous, quelque chose qui nous dépasse s'est mis en marche. Je récupère alors la lime que j'ai dissimulée sur moi aux abords de la taverne d'Hampton Roads et la montre à George :

– Au travail !

Il n'est pas nécessaire de dissimuler le bruit que produisent nos efforts. Les craquements du navire, le glissement incessant des caisses de marchandises dans le roulis, tout cela couvre le crissement métallique que nous faisons en nous attaquant à nos chaînes.

Après plus d'une heure, George s'interrompt :

– À nous deux, tu crois qu'on a une chance de s'en sortir ?

– Je ne pense pas, non…

– Pourquoi s'entêter alors ?

– Il nous reste à convaincre les autres. Si une dizaine d'entre eux acceptent de nous suivre, nous serions assez ; l'effet de surprise jouerait alors en notre…

Je n'achève pas ma phrase. La trappe au-dessus de nos têtes vient de s'ouvrir. Je n'ai que le temps de dissimuler la lime sous une caisse de marchandise avant d'apercevoir la silhouette de William Merritt se détacher dans l'embrasure. Une fois au pied de l'échelle, il se dirige vers moi avant de me libérer de mes chaînes.

– Suis-moi ! Hewell demande à te voir.

À la lumière du passé

Quand j'arrive à la hauteur de John H., je le trouve assis sous une lanterne, un livre à la main. En me voyant, il me salue ainsi qu'il l'aurait fait devant n'importe quel homme libre dans un salon de la bonne société. Il me propose même un cigare qu'il tire d'un étui en argent gravé à ses initiales. Comme je n'esquisse pas le moindre geste vers lui, il l'allume, en inspire longuement la fumée puis la souffle en relevant la tête, laissant son regard se perdre un instant sur les voiles d'artimon. Cette nuit-là, tandis que le vent de nord fait gîter le navire par à-coups, Hewell fume paisiblement comme s'il se trouvait sur la terrasse de l'un de ses domaines de Virginie, face à ses plants de tabac.

– Je dois t'avouer, lâche-t-il après plusieurs bouffées, qu'après un quart de siècle passé à traquer les esclaves, tu es celui qui m'a le plus diverti.

Je comprends à cet instant que tout cela n'est qu'un jeu pour lui. Cet homme, d'un naturel sombre, ne poursuit les esclaves en fuite que pour tromper son ennui. Un temps, me confie-t-il, il avait pensé écrire des livres ; il aurait alors disserté sur le mal de vivre ou le non-sens de l'existence au lieu de traquer des fugitifs.

– Aujourd'hui encore, poursuit-il, tu restes un mystère pour moi. Je n'arrive pas à m'expliquer ce qui t'a poussé à rester près de la plantation après ton évasion, le seul endroit où je n'avais posté aucun de mes hommes. Et pourquoi, presqu'un an plus tard, t'es-tu enfui de la ferme du vieux Dickson en pleine nuit ? L'orage grondait et tu devais être épuisé, non ?

J'observe un silence absolu. Qu'aurais-je bien pu lui dire ? J'ignore moi-même les réponses à ses questions. Les décisions que j'ai prises dans ma vie, du moins celles qui ont été déterminantes pour mes proches et moi-même, m'ont toujours paru étrangères à ma propre conscience. J'ai été un enfant puis un homme dévoré par la peur. Je n'aurais jamais accompli le moindre acte de bravoure si je n'avais été guidé par une force inconnue.

Bien souvent, celui que l'on qualifie de héros n'est pas plus courageux que les autres. Quant à moi, j'ai même été le plus craintif ; mais, sans doute pour cette même raison, j'ai pris l'habitude de chercher en moi le courage qui me manquait. Et à force de chercher, il arrive que l'on trouve. J'en suis là de mes pensées quand je vois le visage de John H. s'éclairer. L'instant d'après, il esquisse un sourire :

– Sais-tu que la prime sur laquelle je mettrai la main pour ta capture ne couvrira pas le dixième des dépenses que j'ai engagées pour te retrouver ?

Ce qui me frappe le plus en l'écoutant, c'est que l'effroi, la souffrance, qu'il sème partout où il passe, ne sont pour lui qu'une péripétie comme une autre. Lorsqu'il s'adresse à moi, il ne trahit pas la moindre haine, pas même du mépris. Il me considère au fond comme un partenaire de jeu, un peu à la manière de ces gentilhommes dans une salle d'armes, qui se livrent un duel acharné avant de se saluer respectueusement puis de commenter leur assaut.

C'est alors qu'il me raconte chacun des épisodes de la traque de ma mère. Avant ce récit, j'ignorais tout ou presque de ce qui lui était arrivé. Il me parle en détail de sa capture sur les hauteurs d'Albermarle, de la mine où elle a travaillé un temps, de son séjour dans les marécages.

Je comprends qu'à la douleur physique qu'il m'a infligé la veille, il lui faut maintenant ajouter une torture morale. Et tandis qu'il me relate l'agonie de ma mère au moment de ma naissance, je fais quelques pas en arrière. Je ne peux en supporter davantage. Je tourne le dos à mon interlocuteur et m'approche du bastingage. Derrière moi, je devine William Merritt prêt à intervenir pour me rattraper. Sur les navires négriers, il n'est pas rare que des esclaves se jettent à la mer pour échapper à leur sort. Mais, aussitôt, la voix de son chef lui ordonne de rester en place.

– Je connais bien celui-ci, lui dit-il, il n'est pas de ceux qui renoncent. S'il doit s'en prendre à quelqu'un ce ne sera pas à lui-même mais à moi. Et j'ai de quoi me défendre.

Fixant le sillage de la *Créole*, qui dessine sur l'océan une dentelle d'écume, je fais tout ce qui est en mon pouvoir pour ne plus entendre sa voix. Peu après, tandis que la brise de noroît renvoie vers moi la fumée de son cigare, il m'interpelle :

– Pourquoi me tournes-tu le dos, Madison ? Comment peux-tu ignorer ce qui te touche d'aussi près ? Si je me tais aujourd'hui, nul ne te parlera plus jamais de ton père ni de ta mère…

J'ignore encore pourquoi j'ai continué de l'écouter cette nuit-là. Peut-être afin d'attiser davantage ma haine pour lui. Je comprends alors qu'il disait vrai en s'adressant un instant plus tôt à Merritt : l'un de nous deux finira par tuer l'autre. Cette histoire ne s'achèvera pas autrement. Chaque instant qui s'écoule sculpte cette évidence sous nos yeux.

Derrière les mots

– Ce que je t'ai raconté n'est qu'un début, insiste Hewell. J'ai encore beaucoup à t'apprendre. Par quoi veux-tu que je poursuive ? Par ce qui est arrivé à Cham, ton père, que je m'étais juré de rattraper malgré ses papiers d'homme libre ? À moins que tu préfères que je te parle tout d'abord du vieux Dickson ? Tu ignores sûrement que j'ai mis la main sur lui après ton départ de la ferme… et je lui ai fait payer le fait de m'avoir caché la vérité dès le premier jour.

Un frisson me traverse. Comment puis-je expliquer que le sort de mon ancien employeur me touche plus que celui de mes parents ? La raison est simple : je n'ai connu ni mon père ni ma mère. Nul avant John Hewell n'avait jamais mentionné leur nom devant moi. En revanche, Archie Dickson a été la première personne à me tendre la main. Alors que rien ne l'y obligeait, il m'a enseigné tout ce qu'il savait sans rien attendre en retour, me considérant sans doute comme le fils qu'il n'avait jamais eu.

John H. a deviné mon trouble. Il me conte en détail ce que furent les dernières heures du vieil homme. Quand il achève son récit, seule la rumeur des vagues se brisant sur l'étrave me parvient aux oreilles. La suite de sa traque depuis le Canada, je la connais aussi bien que lui. Voilà pourquoi il observe le silence désormais. Je me retourne enfin et reviens vers le mât. Pour la première fois cette nuit-là, je m'adresse à lui :

– John Hewell, je te tuerai un jour de mes mains.

Il me regarde très calmement, ses traits ne trahissant pas la moindre émotion. Il tire un nouveau cigare de son étui, l'allume en protégeant la flamme dans le creux de ses mains.

– Oui, me répond-il alors en expirant la fumée, ce serait sans doute la meilleure chose que tu puisses tenter. Je serais alors obligé de t'abattre, et je ne te remercierais jamais assez de m'avoir offert une telle fin à l'histoire qui nous a réunis. Les plus beaux récits se doivent d'avoir un épilogue à leur hauteur. Le nôtre reste encore à écrire, mais je te connais assez pour savoir qu'il sera digne de toi.

Après avoir entendu comment il a mis fin aux jours d'Archie Dickson, je refuse de demeurer un instant de plus sur le pont. Mais il me force à rester. Il lui reste à me parler de Cham, mon père. Il tient à ce que je sache comment lui et ses hommes l'ont fait condamner à mort.

– C'est fou comme tu lui ressembles d'ailleurs, me dit John H. en achevant son récit : la même stature, le même regard. Mais c'est pourtant de ta mère que tu tiens tes grands traits de caractère. Comme elle, quelque chose en toi te pousse à croire que tu finiras toujours par triompher de l'adversité.

Chacun de ses mots sont autant de lacérations de mon âme. J'ai beau me tenir debout face à lui, je me sens comme pieds et poings liés, le dos zébré par le fouet d'un contremaître. Lequel de ces supplices laissera davantage de traces ?

La marque brûlante qu'il a laissée sur mon bras, ou bien les paroles évoquant l'agonie de mes parents ? La première blessure pourrait cicatriser, la seconde sans doute jamais.

– J'admire votre caractère à tous les deux, poursuit-il. Non, ne crois pas que je plaisante, je n'ai jamais été aussi sincère. C'est grâce à des individus comme ta mère et toi que mon métier prend tout son sens ; c'est en étant confronté à des êtres tels que vous que je me sens véritablement vivant : à vingt ans d'intervalle, elle et toi m'avez poussé dans mes derniers retranchements ; quand j'étais sur votre piste, j'en suis même venu à douter que je finirais un jour par mettre la main sur vous.

Au lieu de l'écouter, je me mets à observer le navire dans la lueur du jour naissant. Je tente de repérer à bord tout ce qui pourrait nous servir d'arme de fortune le moment venu. Mais je redoute tout à coup que Hewell puisse lire dans mes pensées. Alors, je baisse de nouveau le regard, comme j'y ai été habitué depuis ma naissance quand un homme blanc s'adresse à moi.

Pendant ce temps, autour de nous, le vent ne cesse de forcir. À plusieurs reprises cette nuit-là, je perds l'équilibre. Les rafales font désormais siffler les haubans tandis que des pans de mer percutent désormais les bordées de plein fouet. Le second lieutenant paraît sur le pont. Il observe les voiles, la route heurtée du navire qui peine à maintenir son cap, et donne l'ordre d'affaler hunier et brigantine.

Pour la première fois depuis qu'il m'a fait venir à lui, John H. se lève de sa chaise. Il fait quelques pas et pose ses mains sur le bastingage. Le jour se lève sur un océan sombre. L'homme demeure longtemps dans cette position, absorbé par cette vue qui rappelle davantage un paysage de montagne que l'océan, avec autant de pics couronnés d'écume. Sans doute se tient-il ainsi pour me provoquer. La main sur son arme, il espère peut-être que je me jette sur lui pour le précipiter par-dessus bord. L'idée ne peut que s'imposer à moi. Si George ne m'avait pas promis son soutien, quelques heures plus tôt, je serais alors tombé dans le piège et ma vie se serait achevée cette nuit-là.

– On dirait qu'une tempête approche, finit-il par lâcher en se retournant enfin.

Comme je l'ai imaginé, j'ai le temps d'apercevoir sa main posée sur la crosse du pistolet qu'il porte à la ceinture. Puis il fait signe à William Merritt de me ramener dans la cale. Au moment où je m'éloigne, il se tourne une dernière fois vers moi.

– J'ai souvent eu l'impression de te connaître, mais tu restes encore un mystère pour moi. Tu ne te trouves jamais là où je t'attends. En tout cas, sache que je t'ai raconté tout ce que tu devais savoir sur les tiens. Nous nous sommes tout dit cette nuit, on ne se verra plus avant d'arriver en Louisiane.

– Qui sait ? On raconte que la mer réserve toujours des surprises…

Seule la haine qui coule dans mes veines me fait articuler ces mots que je regrette aussitôt, craignant m'être trahi.

Ne sachant comment les interpréter, Hewell me regarde descendre vers l'entrepont sans réagir.

Dans la tourmente

À mon retour, au moment où les esclaves commencent à s'éveiller, je m'abîme dans un sommeil peuplé de cauchemars. J'y retrouve les fantômes de mes parents, Susan et moi. Nous nous rendons à la nuit tombée dans un bal donné en plein champ. Vêtus de costumes de soirée pour les hommes, de longues robes blanches pour les femmes, nous dansons une valse lente, horriblement mélancolique. À mesure que la nuit avance, les invités s'en vont un par un et nous restons seuls, pénétrés d'une ténébreuse dignité, tournant dans l'air du soir au rythme de l'orchestre. Puis les musiciens se retirent eux aussi et il ne reste plus autour de nous qu'une obscurité visqueuse. Nous sentons sur nous son contact glacé. Impossible de lui échapper. Si je ne me décide pas à la déchirer, elle nous engloutira bientôt. Je m'éveille alors avec un goût amer dans la bouche, et l'impression d'avoir dormi mille ans.

En entrouvrant les yeux, j'aperçois des grains de poussière qui volètent dans un filet de lumière. George se penche au-dessus de moi. Je ne le reconnais pas tout de suite. Il cherche à savoir si j'ai encore été torturé. Je lui fais signe que oui de la tête.

– Je ne vois pas de nouvelles marques sur toi...

– C'est qu'elles sont invisibles.

– J'ai du nouveau, m'annonce-t-il alors en dessinant sur ses traits ce sourire qui n'appartient qu'à lui.

Comme je le dévisage, il poursuit :

– J'ai trouvé du renfort. Depuis qu'on t'a appelé sur le pont la nuit dernière, et pendant tout le temps que tu dormais, j'ai parlé aux hommes autour de moi. Ma voix a porté : voici Horace, il est avec nous lui aussi.

En me relevant, j'aperçois un être d'une trentaine d'années au visage cisaillé par des cicatrices. Ne pouvant s'approcher à cause de la chaîne qui l'entrave, Horace me fait un signe de la main.

– Ce n'est pas tout, ajoute George. Voici encore Walter. Et, plus loin, il y a Ben.

Nous sommes cinq désormais. Cinq hommes contre quinze membres d'équipage qui, le moment venu, seront certes pris de court mais ne défendront pas moins chèrement leur peau. C'est encore trop peu pour livrer bataille ; mais attendre que de nouvelles recrues se joignent à nous est un luxe que nous ne pouvons nous permettre.

La lime continue de passer de main en main. Bientôt, tous les esclaves seront libres de leurs mouvements, même ceux qui ne seront pas de l'assaut. Comme ce fut le cas la veille, le bruit que nous faisons est couvert par les craquements du navire, auxquels font écho les ordres criés à pleins poumons par les officiers, suivis des consignes échangées entre eux par les hommes d'équipage qui tentent coûte que coûte de maintenir le voilier sur son cap.

En fin d'après-midi, le coup de vent qui s'est levé dans la nuit atteint son paroxysme. La peur parmi nous devient palpable. À chaque saute d'humeur de l'océan, nous nous cramponnons aux boiseries du navire afin de ne pas être projetés les uns sur les autres. L'eau s'infiltre rapidement dans la cale tandis que nous sentons sur nos lèvres le souffle salé des embruns qui restent suspendus dans l'air.

Les hommes sont de plus en plus nerveux. Certains se bouchent les oreilles pour ne plus entendre le mugissement du vent. L'idée d'un naufrage nous obsède. Nous savons d'instinct que nul parmi les officiers ou les marchands d'esclaves ne pensera un seul instant à nous s'ils devaient se réfugier dans les canots. Cette crainte n'est pas longue à se transformer en colère ; d'autant plus qu'elle est alimentée par la faim et la soif qui nous tiraillent depuis la veille.

Lorsqu'il fait nuit noire, je comprends qu'il n'y aura jamais de meilleur moment pour passer à l'action. L'équipage et les officiers sont épuisés par une journée de lutte contre les éléments. Quant à la souffrance, la rancœur et la peur qui se sont emparées de nous, elles sont sans doute nos meilleures alliées. Elles seules peuvent convaincre quelques hommes de plus de nous prêter main-forte.

La crainte de sombrer en pleine mer ne m'a pas épargné. Mais elle s'est transformée en haine. Moi qui toute ma vie ai dû chercher le courage qui me manquait dans les abîmes de mon être, moi qui ai dû patienter des années avant de trouver la force de m'enfuir, je suis tout à coup habité par quelque chose de plus grand que ma propre existence. La soif de vengeance que m'a insufflée Hewell a effacé toute autre émotion. Je repense confusément à ce qu'ont subi ma mère, mon père, Susan, mais aussi les centaines de fugitifs anonymes dont cet homme a brisé la vie. Je décide que c'en est fini. Mon propre sort m'est indifférent. Pour la première fois, ma pensée est devenue collective. Ma volonté n'est plus tendue que vers un seul but : libérer à jamais les prisonniers de la *Créole.*

Nous sommes le 7 novembre 1841, une date qui pourrait marquer l'Histoire. Ma décision est prise dans l'instant. Je m'en ouvre aussitôt à George, Walter, Ben et Horace.

– De toute façon, ajoutent-ils, aucun d'entre nous ne pourra dormir cette nuit. Autant en finir tout de suite.

Je me dirige alors vers l'échelle qui mène sur le pont. Avant de la gravir, je m'adresse aux hommes rassemblés derrière moi.

– Dès que nous aurons quitté la cale, il faudra neutraliser en priorité les officiers et les vendeurs d'esclaves. Rien ne dit en revanche que les matelots prendront leur défense ; alors épargnons-les. Aucun de nous ne sait manœuvrer un voilier : nous aurons besoin d'eux pour gagner l'Afrique.

Quand je presse enfin ma main sur le volet de la trappe, je découvre qu'il n'est pas cadenassé. Je l'entrouvre juste assez pour observer le pont, faiblement éclairé par des lampes-tempêtes suspendues de part et d'autre du château arrière. Après avoir lutté tout le jour contre les éléments, l'équipage a réduit la voilure au point de ne conserver qu'un simple foc, tendu à se rompre entre proue et mât de misaine. Seul le barreur est à son poste. J'observe un instant sa silhouette imposante, enveloppée dans un manteau luisant d'embruns. Anticipant chaque rafale qui menace de faire chavirer le navire, il reste cramponné aux poignées du gouvernail, conservant la *Créole* sur son axe à la seule force de ses bras. Lorsque je me retourne une toute dernière fois, je m'aperçois que dix hommes désormais se trouvent derrière moi. Six volontaires de plus viennent de se lever pour prendre part à la révolte. L'instant d'après, ils se précipitent avec moi sur le pont.

Le timonier est le premier à nous apercevoir. Il s'agit de Jacques Lacombe, le marin le plus expérimenté du bord. En nous voyant surgir au milieu de la nuit, il a un mouvement de recul qui lui fait lâcher la barre. Livré à lui-même, le navire se couche aussitôt sur le flanc. Puis la coque se redresse au sommet d'une vague avant de s'incliner plus dangereusement encore au moment de plonger dans un creux. Lacombe, qui vient de perdre l'équilibre, se relève en se cramponnant à un hauban. À quelques mètres de moi, je le vois hésiter un instant entre retourner à son poste et trouver refuge dans l'entrepont. D'instinct, et sans avoir la moindre idée de ce que je fais, je me précipite sur la barre à roue et tente de redresser le navire. L'instant d'après, le marin français me rejoint. Il s'arc-boute sur le gouvernail et m'indique comment le manœuvrer. Nous sommes bientôt secondés par George. Nous voilà trois désormais, côte à côte, unissant nos efforts pour notre survie.

Quand le navire revient sur son axe, Lacombe nous fixe avec une expression qui hésite entre reconnaissance et terreur. D'un doigt sur les lèvres, je lui fais signe que s'il reste à son poste et qu'il garde le silence, il n'a rien à craindre de nous. Je décroche alors l'une des lampes à pétrole du château arrière et me dirige vers la trappe qui mène à l'entrepont.

L'assaut

Une fois dans la coursive, je m'arrête enfin devant la porte où j'ai assisté quelques jours plus tôt au viol des deux esclaves.

– Voici l'une des cabines des officiers, dis-je à mi-voix aux hommes dans mon dos.

Au même moment, alors que je m'apprête à pénétrer de force à l'intérieur, un cri déchire le silence. Derrière nous, William Merritt vient de donner l'alerte.

Un peu plus tôt, incapable de dormir à cause de la tempête, il a dû être intrigué par l'éclat de lumière provenant du carré des officiers. Après avoir entrouvert la porte pour s'assurer que tout allait bien, il est tombé nez à nez avec les rebelles. Il s'est alors enfermé à double tour dans sa cabine et a donné de la voix pour alerter le capitaine et les marchands d'esclaves.

Les hommes derrière moi tentent d'enfoncer sa porte quand une première détonation retentit. Armé d'un mousquet, Merritt vient d'ouvrir le feu. Après avoir traversé le bois, la balle perfore les côtes de George. Ses compagnons reculent déjà quand Horace leur crie :

– Ne lui laissons pas le temps de recharger !

L'instant d'après, ce dernier se rue contre la porte qui finit par céder. Une fois la voie libre, tous se jettent sur Merritt. Un déluge de coups qui semble ne jamais finir s'abat sur lui.

– Arrêtez ! dis-je en m'interposant entre eux et leur victime. Nous sommes là pour nous rendre maîtres du navire, pas pour nous venger. Il reste des hommes là-dedans, ne les laissons pas s'organiser.

Horace ligote alors notre premier prisonnier avant de l'emmener sur le pont. Mais à peine Ben s'est-il emparé du mousquet resté au sol qu'une nouvelle porte s'ouvre et un coup de feu éclate dans notre direction. Dans la bousculade qui suit, la lampe à pétrole tombe à terre ; les flammes courent un instant au sol avant que Walter n'en vienne à bout, les étouffant à l'aide d'une couverture. L'obscurité est totale désormais.

Sachant que ces fusils sont longs à recharger, je me précipite dans la direction du dernier coup de feu et saisis un corps à l'aveugle, que j'entraîne à terre. J'ignore de qui il s'agit. Quand l'homme se défend en me saisissant à la gorge, je deviens le témoin de ma propre violence, dont j'ignorais l'existence. La haine longtemps contenue en moi se libère tout à coup et mes poings s'abattent avec une rage inouïe sur ma victime. J'entends craquer ses cartilages sous mes doigts avant de deviner sur ma peau la tiédeur de son sang. Et quand le corps sur lequel je m'acharne n'a plus aucune réaction, je continue malgré tout à lui porter des coups accompagnés de cris de rage. Hors d'haleine, je le traîne enfin dans la coursive et ordonne qu'on l'emmène à son tour sur le pont.

– Ne tirez pas, je me rends, ne me faites aucun mal, je vous en supplie.

J'aurais reconnu entre mille autres la voix qui vient de traverser l'obscurité : c'est celle de Thomas MacCargo. À tâtons, les esclaves parviennent à le saisir par ses vêtements pour l'amener sur le pont, quand, dans la confusion, nous sentons au même moment plusieurs individus nous frôler en se précipitant vers l'extérieur.

Après cet épisode, le calme retombe ; plus aucun bruit ne provient des cabines. Sur mes gardes, je reviens sur mes pas, récupérant au passage le corps de George qui agonise. Puis je sors au grand air, suivi du petit groupe qui est resté avec moi.

La nuit touchera bientôt à sa fin. Jacques Lacombe, imperturbable, se cramponne toujours à la barre. Étranger aux événements, il maintient le navire à flot, évitant les coups de gîte en rapprochant de temps à autre la proue de l'axe du vent. Autour de lui se trouvent les hommes d'équipage que les coups de feu ont jeté hors de leur couchette. Une fois sur le pont, les matelots n'opposent pas la moindre résistance. Aucun d'eux ne semble prêt à risquer sa vie pour défendre le capitaine ou l'armateur du navire.

Près du mât d'artimon se trouve MacCargo. À genoux, les mains attachées dans le dos, il continue de supplier les mutins de l'épargner. Il leur promet pêle-mêle de l'argent, la liberté et leur jure d'oublier cet épisode quand il sera à terre. Walter lui assène alors un violent coup de pied au visage, l'assurant qu'il le jettera par-dessus bord s'il ne se tait pas une fois pour toutes. À côté de lui, le visage en sang, se tient Merritt ; quelques pas plus loin se trouve un corps étendu. C'est celui de l'homme avec lequel je me suis battu à mains nues. En approchant une lampe de son visage, je reconnais les traits du premier lieutenant de la *Créole*. Je pense un instant l'avoir tué. Mais en l'examinant de plus près, je m'aperçois que sa poitrine est secouée par des spasmes qui lui font cracher des caillots de sang. À demi-conscient, et dans un filet de voix, il m'implore lui aussi de lui laisser la vie sauve.

Outre ces trois-là, les esclaves restés sur le pont témoignent avoir aperçu deux silhouettes sortir précipitamment du carré des officiers. Une fois à l'air libre, ces derniers ont couru vers la proue avant de grimper dans les gréements.

– Laissons-les là-haut ! Attendons que le jour se lève pour nous assurer qu'ils ne sont pas armés. Pour le moment, occupons-nous de ceux qui restent encore en bas.

Je prends deux volontaires avec moi. Le premier se nomme Addison Tyler, un garçon d'à peine seize ans ; quant au second, Adam Carnay, il a déjà des cheveux blancs et s'est avancé en prononçant quelques mots d'une voix usée par la vie. Quelques minutes plus tôt, en entendant les détonations au-dessus de leur tête, tous deux avaient décidé de quitter la cale du navire et de se joindre à nous.

Peu après, armés de couteaux de cuisine, nous sommes de retour dans le carré des officiers. Tout semble calme. Pour s'en assurer, Addison enfonce une première porte sous laquelle se dessinait le rai de lumière d'une lampe à huile. Aussitôt, il se trouve nez à nez avec le jeune Theophilus MacCargo, en chemise de nuit, qui pointe un pistolet vers lui. Visiblement terrifié, le garçon ferme les yeux avant de faire feu. Mais, au lieu d'une détonation, un simple cliquetis s'échappe de son arme. Comme Addison s'était jeté à terre pour éviter le tir, je me précipite sur le neveu du marchand d'esclaves. En me voyant bondir sur lui, celui-ci se recroqueville, joignant les bras autour de son visage en poussant un cri de terreur. Je le saisis par les cheveux et l'entraîne dans la coursive.

– Ce n'est pas toi, il y a quelques jours, qui voulais m'apprendre à obéir ?

Je m'apprête à lui rendre les coups qu'il m'avait donnés le premier soir, mais retiens mon geste en me souvenant qu'il reste encore un homme à capturer.

– Remonte-moi ce morveux sur le pont, dis-je alors à Addison, et ligote-le avec les autres. On verra plus tard ce qu'on fera de lui.

Une dernière cabine restait à explorer. Je colle brièvement mon oreille contre sa porte sans percevoir le moindre bruit. Puis je fais un pas sur le côté.

– Sors de là sans arme, et nous te laisserons la vie sauve, crie Adam de sa voix rocailleuse.

Seul le silence répond à cet ordre. À bout de patience, l'ancien esclave se met à donner des coups de pied sur la serrure jusqu'à ce qu'elle cède. Sous la violence du choc, la porte s'entrouvre. Mais rien ne se passe.

– Sors de là, c'est ta dernière chance de sauver ta peau...

Une silhouette se dessine alors dans l'embrasure et un coup de feu retentit. Adam pousse un cri, touché à l'épaule. Malgré la douleur, il pénètre dans la cabine et tente d'arracher l'arme des mains de son agresseur. Mais celui-ci fait mieux que résister. Après l'avoir repoussé une première fois, il lui assène un coup de crosse en pleine tête. Adam Carnay s'écroule. Au même instant, je croise le regard de son agresseur. Il s'agit de John Hewell. Plein de sang-froid, il s'apprête à pointer son arme vers moi. Mais je ne lui laisse pas le temps de s'en servir. Je suis déjà sur lui, mon couteau s'enfonçant sous ses côtes.

Pour la première fois, je vais arracher la vie à un homme. La rage qui culmine en moi cette nuit-là vient de m'en donner la force. Et plutôt que de retirer mon bras, je parviens au contraire à faire remonter la lame vers le cœur. John H. s'immobilise. Puis il laisse glisser son pistolet au sol. De mon autre main, je relève la lanterne à hauteur de mon visage pour qu'il puisse reconnaître son agresseur. Quand il croise mon regard, il entrouvre les lèvres, essaie de me parler, mais seul un filet de sang s'échappe de sa bouche. Peu après, sa tête retombe en avant. Je demeure quelques secondes encore dans cette position, mon bras tendu à se rompre supportant seul le poids de son corps. Puis je retire ma lame d'un geste sec. Hewell s'affale à mes pieds.

Sans lui accorder le moindre regard, je reviens vers Adam et l'étends sur une couchette. Tandis qu'il reprend connaissance, je bande sa plaie avec des pans de drap. Alors seulement, je remonte sur le pont, charriant le corps de Hewell sur mon dos.

Le jour s'est levé. La poignée d'hommes qui m'a suivi se met à m'acclamer avant de prévenir les détenus restés dans la cale que la voie est libre désormais. Quelques minutes plus tard, c'est plus d'une centaine d'esclaves qui se retrouvent autour de moi.

Après avoir identifié chacun des prisonniers, j'en déduis que les deux hommes réfugiés dans la voilure ne peuvent qu'être le capitaine et le second lieutenant.

– Attendons encore, dis-je à ceux qui veulent en finir avec eux, ils sont peut-être armés. Promettez-leur la vie sauve s'ils acceptent de se rendre sans résister. S'ils refusent, laissez-les où ils sont, le vent et la faim se chargeront bien assez tôt de les déloger.

Nous avons réussi. En quelques heures à peine, nous nous sommes rendus maîtres du navire. *Tu n'es pas seul.* À cet instant, alors que mes mains sont encore couvertes du sang de mes victimes, je repense à ces mots que m'avait adressés Chayton tandis que je revenais vers le sud. Non, je n'étais pas seul. Quelque chose, ou quelqu'un, m'avait guidé, *nous* avait guidés, car il nous a fallu davantage que de la chance pour réussir ce que nous avons accompli, à commencer par la tempête qui s'était levée la veille, vidant le pont de ses occupants, et sans laquelle nous n'aurions jamais pu prendre le commandement de la *Créole.*

Je pourrais me précipiter vers l'entrepont où se trouve Susan et la ramener à l'air libre, elle et ses compagnes ; mais c'est précisément en pensant à elle que je me dirige en priorité vers le corps de John H., avant de le traîner jusqu'au bastingage. Je ne souhaite pas que Susan le voie, même mort, comme si le fait de me débarrasser de son cadavre pouvait effacer la marque qu'elle porte à tout jamais sur la cuisse. Je soulève alors la dépouille du chasseur d'esclaves et la précipite par-dessus bord sans un regard, comme s'il s'agissait d'un sac de détritus.

L'instant d'après je descends avec trois hommes dans le quartier des femmes.

L'âme enchaînée

Aujourd'hui, tandis que je rédige ce journal et que je me rappelle chaque détail de cette nuit qui allait changer le cours de la vie de centaines d'hommes et de femmes, je ne revois pas seulement l'enchaînement des faits. Je repense surtout à la noblesse de ces êtres qui ont surmonté l'effroi pour arracher leur liberté. Je me souviens surtout qu'une fois que nous nous sommes rendus maîtres du navire, aucun rebelle n'a manifesté la moindre animosité envers ceux qui avaient choisi de rester dans la cale sans participer à la révolte. Les volontaires qui m'avaient suivi savaient ce qu'était la peur ; ils étaient nés avec elle, l'avaient touchée du doigt chaque jour de leur vie ; comment n'auraient-ils pas respecté ceux qui n'avaient su la vaincre au moment de l'assaut ? Au cours de la révolte, j'ai vu de la vaillance autour de moi, et le sens du sacrifice porté à son plus haut degré grâce à des hommes comme George ou Adam, mais j'ose dire aussi qu'il y avait une certaine noblesse à bord ; celle de Jacques Lacombe notamment, resté toute la nuit à la barre, nous sauvant du naufrage grâce à son expérience de la haute mer. Pendant que nous nous battions les uns contre les autres, il affrontait seul les éléments, aveugle à ce qui se déroulait sous ses yeux, négociant chaque vague, chaque rafale avec une science infinie des colères de l'océan ; et ce combat-là, celui qu'il a livré seul contre les éléments, était tout aussi digne que celui que nous menions pour notre liberté.

Je revois aussi les matelots, rassemblés sur le pont, partagés entre la crainte et le respect pour ces mutins dont ils ignoraient encore les intentions, mais dont ils comprirent qu'ils n'étaient pas leurs ennemis. Si les conditions de notre rencontre avaient été différentes, certains d'entre eux auraient pu fraterniser avec nous. Mais les marins qui servaient sur ce navire demeuraient des Américains ; comme tels, ils restaient soumis aux lois de leur pays. Qu'ils soient sensibles ou non à notre cause, tous savaient que s'ils nous soutenaient, ils devraient un jour s'en expliquer devant un juge. Aider un esclave en fuite constituait un délit, en mer comme à terre. Voilà pourquoi je n'ai jamais pu les considérer comme des amis, mais pas non plus comme des ennemis. Chacun d'eux se situait dans une zone indéfinie où j'appréciais l'homme mais me méfiais du citoyen, celui d'une nation qui autorisait encore l'esclavage.

Enfin, à la grandeur d'âme des uns s'est opposée la médiocrité d'un MacCargo, pétri d'arrogance et de cynisme lorsqu'il était monté à bord de la *Créole*, et qui implorait notre pitié quelques nuits plus tard, s'engageant sur l'honneur à tenir des promesses qu'il s'empresserait d'oublier après avoir retrouvé la terre ferme. Il y avait aussi la couardise du capitaine Robert Ensor, qui, la veille encore de la rébellion, apparaissait en majesté sur le château arrière, dans son uniforme couvert de rubans et d'insignes, le sabre à la ceinture, donnant ses instructions à ses lieutenants d'une voix hautaine ; c'est ce même capitaine, quittant sa cabine à la faveur de l'obscurité, n'ayant pas même le courage de se défendre, ni même de brandir son sabre d'apparat, qui s'est réfugié dans le gréement de misaine avec son lieutenant, tremblant de froid et de peur dans sa chemise de nuit, et à qui il a fallu promettre la vie sauve pour qu'il finisse par redescendre. À peine avait-il posé le pied sur le pont, peu avant midi, qu'il implorait lui aussi notre clémence à genoux. Sans doute repensait-il à ces jeunes filles que Merritt lui ramenait de force dans sa cabine pour le divertir, lui et ses officiers. Peut-être s'est-il rappelé aussi l'unique et misérable repas quotidien qu'il nous avait octroyé depuis le départ, avant d'oublier notre existence quand la tempête s'était levée.

Mais ces différentes pensées à propos des forces et des faiblesses de la nature humaine ne se sont imposées à moi que longtemps après les faits. Le matin suivant l'assaut, je ne vis encore que par et pour l'action. Je viens de me révéler à moi-même comme meneur d'hommes et la violence qui m'a embrasé m'apparaît comme un fauve qu'il me faudra apprivoiser. Aux yeux de tous, la partie semble gagnée ; toutefois, j'ai le sentiment que le combat le plus difficile à mener reste à venir. C'est dans cet état d'esprit que je descends vers l'entrepont.

Je trouve Susan endormie. Pendant que les hommes qui m'accompagnent délivrent la cinquantaine de femmes de leurs chaînes, je la réveille et lui parle enfin en la regardant dans les yeux.

– Voilà, j'ai tenu ma promesse… nous sommes libres.

Elle est si faible qu'elle n'esquisse aucun mouvement vers

moi. Je la prends alors dans mes bras et la serre contre ma poitrine. Mais quand, après l'étreinte, je la regarde en face, je ne décèle pas la moindre émotion sur son visage. Je glisse ma main dans la sienne et sens cette fois une pression, mais sans doute ses doigts se sont-ils resserrés autour des miens par pur réflexe, se rappelant un geste mille fois répété par le passé. Je mets alors son manque de réaction sur le compte de l'épuisement, ou bien du mal de mer qui affecte nombre d'entre nous.

– C'est fini, tu entends ? Nous sommes maîtres du navire. Nous avons gagné.

– C'est trop tard…

Ses mots, les premiers qu'elle prononce, me laissent un instant sans voix. Susan pleure doucement à présent, préférant garder le silence. Son esprit est ailleurs, accroché à son enfance, à une époque où nous jouions ensemble autour des cases tandis que les adultes autour de nous auguraient dans un sourire qu'on finirait un jour par nous marier. Comment puis-je savoir à quoi elle pense ? Je connais Susan mieux que personne ; elle qui m'a si souvent répété que ce que nous avons connu de meilleur était inséparable de nos plus jeunes années, à une époque où ni elle ni moi n'étions assez âgés pour travailler.

– Non, il n'est pas trop tard. Nous toucherons bientôt terre, loin, très loin des États-Unis…

Je la force à se redresser. Je m'aperçois alors combien elle a maigri, combien ses jambes ne supportent qu'à peine le poids de son corps. Les mauvaises conditions n'expliquent pas tout. Sans doute Susan a-t-elle eu l'intention de se laisser mourir de faim, ne croyant plus en rien ni en personne.

Une fois sur le pont, je lui montre les hommes et les

femmes qui ont remonté la nourriture des cuisines et se mettent à banqueter malgré la houle qui se joue encore du navire. Pendant mon absence, les anciens détenus ont enfermé le capitaine, ses seconds, Merritt et les MacCargo dans la cale où eux-mêmes étaient encore prisonniers la veille. Puis Horace a posé un cadenas sur la trappe, riant à pleines dents en leur criant qu'un long jeûne leur ferait le plus grand bien. Comme Susan me dit avoir froid, je la porte jusque dans la cabine du premier lieutenant où elle s'étend sur le lit.

Dans cette nouvelle intimité, je la couvre de baisers ; mais elle paraît ne pas s'apercevoir de ma présence. À bout de patience, souhaitant la faire réagir, je la prends par les épaules et répète son nom. Elle me demande de me taire, les éclats de voix la fatiguent, me dit-elle. Je m'étends alors contre elle. J'écoute son souffle, très régulier, qui précède l'endormissement. Je repense alors à ce qu'elle a subi : l'effarement qui a suivi mon départ, la torture qu'elle a endurée pour qu'elle avoue où je me trouvais, sa relégation dans les champs, sous les railleries de celles et ceux qui y travaillaient depuis l'enfance, puis le fer rouge de John H. et enfin son départ de la plantation où elle a vu le jour, avant d'être jetée dans les cales de la *Créole*.

Contrairement à nous, dont ces mauvais traitements étaient le quotidien, Susan avait échappé toute sa vie aux privations et aux châtiments corporels. Le statut particulier dont elle avait joui auprès de la fille du maître l'ayant épargnée pendant des années. Mais sa condition d'esclave l'avait rattrapée de la manière la plus violente qui soit. Son esprit n'était pas préparé à cela.

Je la regarde dormir. Je laisse mes doigts glisser sur ses

joues, lui chuchote des mots qu'on échangeait jadis quand nous étions seuls. En observant ses traits, je retrouve un instant l'expression de celle à côté de laquelle j'ai grandi. Son visage amaigri a conservé malgré tout cette paix et cette douceur qui la caractérisent depuis son plus jeune âge. Quand mes yeux descendent sur son corps, et que je découvre les cicatrices laissées par le fouet ainsi que la lettre H marquée sur sa cuisse, je suis partagé entre un sentiment de culpabilité et la conviction que rester dans la plantation aurait été pire que tout. La vie qui était alors tracée pour nous, celle dans laquelle Susan était encore capable de sourire, de me parler, n'était pas digne d'être vécue. Comment aurions-nous pu nous aimer entre les coups, la peur et le mépris ? Pouvions-nous vieillir ainsi ? Jadis, je lui avais fait le serment que nous ne resterions pas esclaves toute notre vie, même si je me doutais qu'arracher notre liberté aurait forcément un prix.

Cap au sud

Sur le pont, les matelots commencent à déployer les voiles qu'ils avaient ferlées durant la tempête. Comme le vent s'est stabilisé, plusieurs d'entre eux grimpent dans les gréements avant que le navire se couvre de nouveau d'un mur blanc. Sans doute sont-ils pressés de regagner la terre ferme. Mais chaque seconde qui s'écoule nous rapproche des côtes américaines. Il devient urgent de leur indiquer un nouveau cap.

Je propose à ceux qui ont participé à l'assaut de nous rassembler dans la salle des cartes. Au dernier moment, j'appelle Jacques Lacombe avec nous ; son expérience nous sera sûrement utile. Par ailleurs, lui seul à bord n'est pas américain, un détail qui a son importance.

– Le temps presse, leur dis-je. Les matelots ne contestent pas notre autorité, mais ils préfèreront rejoindre la Louisiane que de se rendre en Afrique.

– Il va pourtant falloir qu'ils nous obéissent, lance le jeune Addison, exalté par le sentiment de liberté.

– Ils vont comprendre que nous sommes les seuls maîtres à bord, ajoute Ben en levant le poing.

– Oui, bien sûr, dis-je en tentant d'apaiser les débats,

nous nous ferons obéir. Mais il faudra aussi les surveiller : nul parmi nous n'avait jamais mis les pieds sur un voilier avant de monter à bord. Nous devrons sans cesse contrôler le cap suivi par la *Créole.*

– Aucun de vous n'ira en Afrique !

Ces quelques mots jettent un froid. Après les avoir prononcés, Jacques Lacombe voit tous les regards se diriger vers lui. Trois hommes les prennent pour des paroles de défiance et se lèvent déjà pour le faire taire.

– Restez où vous êtes !

Je viens de m'interposer entre eux et le marin français avant de poursuivre :

– Si nous sommes en vie aujourd'hui, c'est grâce à lui. Il a maintenu le navire à flot pendant la tempête et n'a pas donné l'alerte lorsqu'il pouvait le faire. C'est pour cela que je lui ai demandé de se joindre à nous.

Je me retourne alors vers Lacombe :

– Pourquoi n'est-ce pas possible ?

– Tout simplement à cause des vivres. En quittant le port, nous avions des provisions pour deux semaines de mer environ. Dans cinq ou six jours, nous commencerons à manquer de nourriture. Et l'Afrique se trouve au mieux à un mois de navigation, et bien davantage si les vents nous sont contraires.

– Il ment ! s'écrient plusieurs voix. Il cherche seulement à nous ramener vers les côtes américaines.

– Je n'ai aucun intérêt à revenir aux États-Unis ! En me demandant de vous rejoindre, vous m'avez condamné aux yeux de l'équipage. Si je remets un jour les pieds dans ce pays, la justice m'accusera d'avoir aidé des esclaves à s'évader. Les officiers témoigneront que je n'ai pas donné l'alerte alors que j'étais seul sur le pont au début de l'assaut. Croyez-moi, je suis de votre côté, je n'ai pas d'autre choix.

– Tout ça, ce sont des mots. Qui nous dit qu'il ne joue pas un double jeu ?

– Il n'y a qu'un seul moyen de le savoir, répondis-je.

Je désigne deux hommes pour faire le point sur les provisions qui restent à bord. Après leur départ, je demande à Jacques Lacombe de nous indiquer où nous nous trouvons sur l'océan.

– Regardez par vous-mêmes, nous dit-il en désignant la table à cartes. Le capitaine Ensor y reportait chaque jour notre position.

Le marin pose son doigt sur un point situé au sud-est des côtes de Caroline. Puis il nous indique Hampton Roads, d'où nous sommes partis, et le littoral de la Louisiane où le voilier était censé accoster. Alors seulement, en prenant en compte les jours de mer que nous avons effectués et la distance qui nous sépare des côtes africaines, je constate qu'il nous faudrait plus d'un mois pour atteindre notre destination. Au même moment, les deux hommes reviennent des cuisines.

– Il dit vrai ! Nous ne tiendrons pas plus d'une semaine avec ce qu'il reste de vivres.

Dans le silence qui suit, chacun de nous comprend qu'il est inimaginable de nous ravitailler en Caroline ou en Georgie : un équipage constitué d'anciens esclaves n'y passerait pas longtemps inaperçu. Quant à envoyer les seuls matelots à terre pour acheter des provisions, c'est trop risqué, ils pourraient nous trahir à tout moment. Il nous faut donc oublier l'Afrique.

Sur la carte, un archipel situé au sud-est de la Floride

retient mon attention. Il se trouve à proximité de la route tracée par le capitaine pour rejoindre la Louisiane. J'y déchiffre le nom de Bahamas, des îles qui me sont inconnues.

– Pourquoi ne pas débarquer ici ?

Lacombe se penche par-dessus mon épaule :

– Oui, c'est sans doute la meilleure chose à faire : comme il s'agit d'un territoire anglais, vous y seriez accueillis en hommes libres…

– Tu en es sûr ?

– Il y a trois ans, j'y ai fait escale après une avarie à bord d'une goélette espagnole. Le navire est resté à quai quelques semaines et je suis certain d'une chose : l'esclavage est aboli là-bas.

À cet instant, je pense que s'il dit vrai, les hommes et les femmes présents à bord, qui n'ont connu que les fers, commenceront bientôt une nouvelle vie. Mais je me rappelle aussi que j'ai tué un homme de mes mains. Dès notre arrivée, les officiers et les hommes d'équipage en témoigneront devant les autorités. J'imagine alors que je pourrais être exécuté pour ce crime. Chassant cette idée de ma tête, je me tourne vers Lacombe pour lui demander :

– Si nous mettons le cap sur cet archipel, quand l'atteindrons-nous ?

– Avec cette brise de nord-ouest, dans cinq jours environ.

L'ombre d'un doute

Le soir venu, lorsque Susan entrouvre les yeux, je l'oblige à manger. Si elle finit par y consentir, ses gestes sont devenus machinaux. Quelque chose dans son âme s'est brisé. Je lui parle de l'archipel vers lequel nous naviguons, je lui promets qu'on y sera bientôt. Puis je lui avoue à mi-voix que j'ai de l'argent dissimulé sur moi. Suffisamment pour nous installer où elle le souhaitera. Je ne lui avoue pas cependant avoir tué John H., inutile de lui dire que je serai sûrement jugé pour cet acte, et probablement condamné. Ce qui m'importe, à cet instant, c'est qu'elle et les deux cents esclaves puissent gagner leur liberté.

Après le repas, tandis que nous sommes étendus sur la couchette, je cesse de chercher à l'embrasser. Non pas qu'elle s'y refuse, mais au contraire car elle accepte tout de moi sans réagir, comme si elle était devenue étrangère à ce qui se passait autour d'elle. Je finis par me lever et fais les cent pas dans la pièce, incapable de trouver les mots ou les gestes qui la rendraient à elle-même. Pour m'apaiser, je me raccroche à l'idée qu'une fois la terre en vue, elle se souviendra enfin de celle qu'elle était, qu'elle retrouvera les mots qu'elle avait l'habitude de me glisser à l'oreille et que je verrai de nouveau briller le regard qu'elle posait sur moi lorsque, chaque soir, elle me voyait revenir des champs. Alors je reviens m'étendre à ses côtés, mais je ne trouve pas le sommeil pour autant.

Depuis que je suis monté à bord de la *Créole*, je me sens habité par une énergie singulière, ne ressentant ni la faim ni la soif. Je suis tout à la fois porté par mes sentiments pour Susan et par une sorte d'exaltation qui nous unit désormais les uns aux autres. Les journées qui ont précédé la révolte, comme celles qui ont suivi la prise du navire, ont représenté pour moi l'aboutissement de plusieurs années tendues vers cet unique objectif ; en cela, je n'ai pas été pas très différent de la plupart des hommes, qui vivent le plus souvent dans l'attente d'un événement majeur qui les marquera à jamais ; le restant de leurs jours, ils le passent alors à se remémorer cet épisode où leur existence a exulté. Espérer et se souvenir. Pour ce qui me concerne, le point culminant de ma vie tiendra sans doute dans cette période où j'ai pris les rênes de la plus grande évasion d'esclaves de notre histoire. Pour triompher des obstacles, mon corps semble puiser des ressources qui m'étaient jusque-là inconnues. Mais quelque chose d'autre chose m'épaule. Lorsque je repasse mentalement chaque instant de la rébellion, je n'ai pas souvenir d'avoir eu à prendre une seule décision. Chacun de mes actes, chacun des mots que j'ai prononcés dans les moments critiques, s'est imposé à moi sans que j'en aie conscience. Je crois pouvoir dire que j'ai vécu cette période en dehors de moi-même. Autant que je m'en souvienne, j'ai été le spectateur de mes propres agissements.

La force qui m'anime m'ordonne chaque nuit de me lever pour monter sur le pont. Là, je découvre mes compagnons qui dorment à la belle étoile. Des couples se sont formés. Des conversations bruissent de toutes parts. Parfois, des chants s'élèvent, comme ceux entonnés jadis à la veillée ; mais les mélodies improvisées sont moins désespérées qu'autrefois, elles chantent enfin l'espoir de jours meilleurs. Quelques hommes d'équipage se trouvent parmi eux. S'ils nous saluent, comme ils avaient l'habitude de le faire lorsqu'ils croisaient leurs anciens maîtres, je les vois régulièrement s'éloigner pour s'entretenir entre eux, ou bien fuir mon regard lorsqu'il m'arrive de leur adresser la parole.

Je me dirige vers le timonier. À la lueur des lanternes, je m'aperçois qu'il ne s'agit pas de Lacombe. Celui-ci n'est plus le bienvenu parmi les matelots, qui lui reprochent sa proximité avec les anciens esclaves. Depuis la rébellion, craignant pour sa sécurité, il a quitté sa couchette dans l'entrepont pour occuper désormais la cabine d'un lieutenant, où il passe le plus clair de son temps. Lorsqu'il me voit, l'homme à la barre se raidit imperceptiblement. Comme je le fais depuis la veille, je contrôle aussitôt la boussole qu'il a sous les yeux, m'assurant que le voilier navigue bien au sud-sud-est. Comment expliquer que je ne suis pas rassuré pour autant ? Je ne trouve rien cependant qui aurait pu m'alerter, aucun des hommes d'équipage n'ayant fait la moindre objection quand nous leur avons donné l'ordre de nous dérouter vers les Bahamas.

Au lever du jour, après avoir dormi quelques heures auprès de Susan, je remonte sur le pont pour m'assurer que le soleil se lève bien sur bâbord, ce qui serait la preuve que nous faisons bien route au sud. Et lorsque je constate que c'est bien le cas, je m'étonne toutefois que certaines voiles viennent d'être enroulées sur leur vergue, une opération qui ralentit considérablement l'allure du navire. Je demande des explications. L'équipage me parle alors d'un vent inconstant qui nécessite une telle précaution. Une fois encore, aucun élément ne me permet de douter de la bonne foi de ces hommes.

Mon intuition cependant ne me laisse pas en paix.

Ce même jour, de ma propre initiative, je décide d'apporter de la nourriture aux prisonniers enfermés dans les cales. Plusieurs de mes compagnons s'y opposent. Les laisser mourir de faim ne leur pose aucun problème. Les plus déterminés parlent même de les exécuter. Je repense alors aux paroles de Virginia Cooper, en Indiana, lorsqu'elle s'opposait à Henry Morris en soutenant que la violence engendrait la violence. Je comprends alors que notre révolte aura d'autant plus d'écho aux États-Unis que nous ferons preuve d'humanité. L'heure n'est ni à la vengeance ni à la haine.

– Personne ne sera assassiné sur ce navire, dis-je en me dressant sur le château arrière. Ces crimes de sang-froid, si nous les commettions aujourd'hui, nous poursuivraient toute notre vie. Ils nous entraîneraient dans un engrenage sans fin. Les familles de nos victimes se mettraient à nous traquer, où que nous nous trouvions. Et si elles échouaient à nous retrouver, elles s'en prendraient à nos frères innocents, qui paieraient alors pour nos crimes. Croyez-moi, si nous nous gardons de devenir une bande d'assassins, le pays tout entier parlera bientôt de ce que nous sommes en train d'accomplir.

Mes propos semblent marquer les esprits. Pour le moment, mes compagnons acceptent de ne pas s'en prendre aux prisonniers. Mais combien de temps durera cette situation ? Je suis persuadé que si les côtes des Bahamas ne se dessinent pas bientôt à l'horizon, la moindre étincelle mettra le feu à des rancœurs qui ne demandent qu'à s'embraser.

Le sablier d'Orion

Le soir qui tombe parvient à m'apaiser. Je garde l'espoir d'apercevoir la terre dès le surlendemain. Après de maigres heures de sommeil, je me lève de nouveau en fin de nuit pour m'assurer une fois encore du cap suivi par le navire. Quand j'arrive sur le pont, comme tout semble en ordre et que la brise a balayé les nuages, je lève les yeux vers le ciel. Je me rappelle la manière dont Archie Dickson reliait les astres pour dessiner des constellations dont il m'enseignait le nom. Je reconnais aussitôt Meissa et Bételgeuse, et identifie le sablier d'Orion, dont les huit étoiles forment deux figures triangulaires inversées. Je me surprends à sourire pour la première fois depuis des semaines, pensant que mon périple s'achèvera bientôt, quand mon visage se fige.

Une terreur sourde vient de me saisir. Cette constellation permet d'indiquer le sud, que j'identifie alors sur bâbord, et non dans l'axe du navire, comme il devrait s'y trouver si nous naviguions bien vers les Bahamas. Je tourne mon regard en tous sens, vérifiant une fois encore les contours du sablier d'Orion. Puis je me précipite vers la boussole et l'observe à la lueur de la lampe. Comme elle contredit ce que je vois dans le ciel, je repère cette fois le dessin plus caractéristique encore de la Grande Ourse, qui me permet de repérer l'étoile du Nord dans l'un de ses prolongements. Celle-ci devrait briller sur l'arrière ! L'instant d'après, la voix tremblante, je donne l'alerte. Mes compagnons accourent aussitôt et font cercle autour de moi.

– Ils nous ont trahis ! Les matelots ont truqué la boussole depuis le début. Mais les astres ne mentent pas ! Regardez l'étoile Polaire : elle se trouve sur tribord ; nous naviguons en réalité plein ouest, alors que le compas indique que nous nous dirigeons toujours vers le sud. Sans nous en douter, nous nous rapprochons chaque nuit des côtes américaines !

Mes paroles déchaînent un vent de colère parmi les anciens esclaves. Plusieurs hommes d'équipage sont aussitôt ceinturés, injuriés, frappés. La confusion est totale. Plus personne ne tient la barre et la *Créole* commence à tourner sur elle-même, s'arrêtant finalement face au vent. Ses voiles se mettent alors à claquer dans un bruit assourdissant. Tout à sa soif de vengeance, un petit groupe s'apprête déjà à jeter deux des marins par-dessus bord. Je fournis alors un immense effort sur moi-même pour contenir ma colère et m'interpose pour éviter le pire.

– Arrêtez ! Ça ne servirait à rien !

– Au contraire, s'oppose Horace, faisons quelques exemples, les autres nous obéiront enfin, après ça !

Ivres de rage, les anciens esclaves traînent déjà leurs victimes vers le bastingage. Je n'ai que quelques secondes pour arrêter cette folie. Nous avons besoin des hommes d'équipage. En faire nos ennemis n'est pas la solution : ceux qui survivraient au déchaînement de violence nous tromperaient d'une nouvelle manière, ou bien ils partiraient dans un canot à la faveur de la nuit.

À cet instant, notre avenir ne tient à rien. Je tente alors le tout pour le tout :

– J'ai une meilleure idée ! Faites-moi confiance une dernière fois, après ça, vous serez libres d'agir comme vous l'entendez. Donnez-moi trois jours. Si d'ici-là nous ne débarquons pas dans un pays libre, j'abandonnerai le commandement.

– Trois jours, pas un de plus, me tance Horace en relâchant un matelot terrifié.

Les autres l'imitent alors de mauvaise grâce, tout en me jetant des regards de défiance.

– Comment comptes-tu t'y prendre ? me lance l'un d'eux.

– Les hommes d'équipage sont pris au piège : s'ils ne font rien pour contrarier nos plans, ils seront condamnés par la justice ; mais en s'opposant à nous, ils risquent la mort. Il existe pourtant une solution…

– Laquelle ?

– Ils doivent pour cela obéir à une autorité reconnue par leur pays. Une autorité qui assumera à leur place la responsabilité de ses décisions.

L'instant d'après, je retourne vers le carré des officiers et reviens une minute plus tard avec un uniforme dans les mains. J'ouvre alors la trappe de la cale et demande au capitaine Robert Ensor de me rejoindre sur le pont. L'homme hésite. Il pense sa dernière heure venue et me supplie une nouvelle fois de l'épargner. Après l'avoir mis en joue avec un mousquet, je vois enfin dépasser son visage en haut de l'échelle. Je le saisis aussitôt à pleines mains et le ramène parmi nous. Là, je lui jette son uniforme, l'invitant à l'enfiler sur-le-champ.

– Capitaine, il ne vous a pas échappé que nous nous

sommes rendus maîtres de la *Créole*. Eh bien, figurez-vous que nous avons l'intention de vous en confier de nouveau le commandement…

Comme mes hommes manifestent déjà leur colère, je les arrête d'un geste, leur demandant de me laisser poursuivre.

– Pour cela, vous donnerez vos ordres à votre équipage, qui vous devra entière obéissance, comme l'exige la loi. Quant à nous, en tant que nouveaux armateurs du navire, nous vous demandons de rallier les Bahamas.

Le capitaine me dévisage d'un air incrédule. Je m'approche de lui et poursuis :

– Et maintenant, écoutez-moi bien : si nous n'accostons pas sur l'une des îles de cet archipel dans trois jours au plus tard, nous vous passerons aussitôt par les armes. Si, au contraire, nous y parvenons dans les temps, vous pourrez débarquer sains et saufs, vous, vos officiers et tous ceux qui se trouvent en ce moment dans la cale.

Dans les minutes qui suivent, après avoir revêtu son uniforme auquel il ne manque que le sabre dont le fourreau pend à la ceinture, le capitaine Ensor ordonne d'une voix encore mal assurée de remettre la boussole en état et de faire voile au sud-sud-est.

New Providence

La tension à bord devient palpable. Chaque fusil est chargé et les hommes ne quittent pas des yeux Robert Ensor. Partout où il va, il trouve sur son chemin un ancien esclave qui épie ses paroles, surveille ses gestes ou lui rappelle les termes du marché qui le lie à nous.

À toute heure du jour ou de la nuit, le capitaine supervise chacune des manœuvres de l'équipage. Il n'y a pas une voile dont il ne contrôle lui-même l'orientation, pas une drisse de foc dont il ne vérifie la tension. Puis, à intervalles réguliers, il descend chercher son sextant et fait un nouveau point pour contrôler la position du navire.

Au matin du troisième jour, la vigie signale une terre. Le capitaine saisit aussitôt sa longue-vue avant de se précipiter vers la table à cartes où je le rejoins.

– Il s'agit d'Abaca, lance-t-il avec un air de triomphe. C'est la plus au nord des possessions anglaises.

Jacques Lacombe, qui arrive à son tour, me suggère de ne pas y débarquer. Selon lui, il vaut mieux contourner cette petite île pour rejoindre une terre plus densément peuplée.

– Même en accostant ici en hommes libres, ajoute-t-il,

aucun de vous ne sera véritablement en sécurité. Tôt ou tard, ceux qui comptaient vous vendre en Louisiane essaieront de remettre la main sur vous. Autant toucher terre là où vous pourrez vous fondre parmi la population.

Je me penche au-dessus de la carte et examine chacun des ports de l'archipel.

– Lequel choisir ?

– Nassau, la capitale de l'île de New Providence, poursuit Lacombe. Vous y passerez inaperçus. Des navires du monde entier y font escale tout au long de l'année : le moment venu, vous trouverez même une place sur l'un d'eux pour disparaître là où on ne vous retrouvera jamais.

Peu avant midi, j'aide Susan à monter sur le pont. Je tiens à ce qu'elle voie les îles au milieu desquelles nous naviguons. Notre terre promise, lui dis-je en lui faisant remarquer la douceur de l'alizé. Mais cette vision ne provoque chez elle aucune réaction. Elle continue de sursauter au moindre bruit, frémit devant ces hommes qui se pressent vers l'avant du navire pour mieux discerner les contours du pays qui les accueillera bientôt. J'insiste cependant pour qu'elle reste au grand air.

Aussi loin que remontent mes souvenirs, je suis incapable de revoir Susan trembler devant quelqu'un. Celle qui restait digne face au mépris ou à l'intimidation n'est plus que l'ombre d'elle-même. Tout la terrifie à présent : le cri suraigu d'une femme manifestant sa joie, les gestes désordonnés d'un homme, incapable de rester en place sachant qu'il touchera terre d'une heure à l'autre.

C'est précisément pour lui ressembler que j'ai souhaité m'enfuir de la plantation. Je voulais moi aussi accéder à cette sorte de noblesse, à cette force intérieure qui émanait d'elle. Je m'étais juré que jamais plus elle ne me verrait baisser la tête devant le commandeur, ou hurler de douleur sous ses coups de fouet. Susan méritait d'avoir à ses côtés un homme qui puisse vivre debout. Elle seule m'a permis de me dépasser, de devenir celui que j'étais.

Tandis que la *Créole* progresse au milieu d'îlots ourlés de sable blanc, j'aperçois une nuée d'albatros qui s'appuient sur le vent pour se laisser porter jusqu'à nous. Une fois à hauteur du vaisseau, ils tournent au-dessus de nos têtes, nous frôlent de leurs ailes avant de repartir dans un froissement d'air. Je ne les quitte pas des yeux, jusqu'à ce que mon esprit finisse par s'échapper de la mer des Caraïbes. Je me revois une fois encore à la plantation, à l'époque où Susan et moi n'avions que cinq ou six ans, courant en liberté parmi le domaine. Je ne m'étonne pas d'éprouver de la nostalgie pour un temps où nous vivions en détention, tant les émotions de l'enfance conservent en nous cet incroyable pouvoir d'attraction.

Quand je me retourne, Susan n'est plus là. Je la cherche aussitôt, redoutant le pire, scrutant la mer tout autour de moi avant de me précipiter dans l'entrepont et finir par la retrouver dans la cabine du premier lieutenant, le seul endroit où elle semble s'apaiser.

– Nous touchons au but, lui dis-je à voix basse ; bientôt, nous serons libres d'aller et venir où bon nous semble.

– Non, ça ne s'arrêtera jamais…

– De quoi parles-tu ? Je te l'ai dit : là où l'on va, l'esclavage est aboli.

– Tu ne comprends pas… il est trop tard. Où que j'aille, je serai toujours esclave, j'ai emporté avec moi la peur, la douleur, la mort aussi.

Jamais, depuis que je l'avais libérée de ses chaînes, Susan ne m'avait parlé ainsi. J'ignore comment interpréter ses mots. S'agit-il d'une sorte de plainte, la simple expression d'un mal-être ? Attend-elle de ma part une réponse qui la consolera, lui redonnant espoir ? Ou bien l'effort qu'elle vient de faire en s'adressant à moi n'est-il destiné qu'à me prévenir d'une échéance qu'elle sait inéluctable ? Je suis incapable de trancher.

– Ne dis pas ça, dans quelques heures nous pourrons oublier le passé.

Susan ferme les yeux. Sans doute ne dort-elle pas, mais parler l'a épuisée. Dans le silence qui pèse désormais entre nous, je repense aux derniers mots qui restent suspendus dans l'air, et que j'ai prononcés pour mieux me persuader que nous allons bientôt recouvrer la liberté, nous deux mais aussi l'ensemble de celles et ceux qui se trouvent en ce moment sur le pont. Si, depuis le début, je n'ai agi que pour Susan et moi, je me sens tout aussi concerné désormais par le sort des quelque deux cents hommes et femmes qui m'ont fait confiance. Je crois même pouvoir dire qu'à cet instant leur avenir m'importe davantage encore que le mien.

J'ai assumé depuis toujours les risques liés à ma propre évasion, mais si les autorités anglaises finissaient par pactiser avec les Américains, il me faudrait regarder en face chacun des compagnons qui m'a suivi pendant l'assaut, en sachant qu'il sera bientôt exécuté à cause de moi. Et tandis que le navire se rapproche de New Providence, mon cœur se met à marteler ma poitrine. Nous n'avons que très peu d'armes à bord. Et à quoi nous serviraient-elles si les vaisseaux militaires anglais nous prenaient en chasse ?

Peu avant la tombée du jour, lorsque le capitaine ordonne

enfin de jeter l'ancre au milieu de la rade de Nassau, je prends conscience que le succès de notre entreprise ne repose au fond que sur la foi que j'ai accordée à Jacques Lacombe. Les traits crispés, je regarde les hommes d'équipage ferler les voiles une à une. Il n'y a plus rien à faire, excepté attendre et espérer.

Les mots de Lewis

Une fois l'ancre jetée, j'ordonne de libérer les officiers et les marchands d'esclaves. Puis je les autorise à endosser leurs uniformes. Certains portent encore sur eux les stigmates du combat, mais aucune de leurs blessures ne nécessite de soins urgents. Moins d'une heure plus tard, une barque des autorités portuaires vient à notre rencontre.

Monté par l'échelle de poupe, l'officier de quarantaine paraît sur le pont, accompagné de deux de ses hommes, qui, selon un protocole bien réglé, se tiennent à trois pas derrière lui. Il s'agit d'un individu d'une trentaine d'années, dont le visage anguleux entouré de favoris parfaitement taillés donne l'impression d'une grande rigueur morale. Malgré le contrôle qu'il paraît exercer sur lui-même, celui-ci ne peut dissimuler une infime expression de surprise en découvrant l'équipage de la *Créole* : face à lui se trouvent un capitaine et deux lieutenants en grande tenue, au milieu de plusieurs dizaines d'individus pieds nus et en haillons, dont certains tiennent fièrement en main des mousquets et des sabres. Aucune hiérarchie ne semble régner à bord. Un long silence plane sur nous, durant lequel l'officier anglais se retourne vers ses hommes pour leur adresser un regard interrogateur. Je m'avance alors vers lui :

– Je m'appelle Madison Washington. Je parle au nom des anciens esclaves que vous voyez devant vous. Nous souhaitons pouvoir descendre à terre en hommes libres. Le capitaine Ensor poursuivra alors son voyage vers la Louisiane pour y acheminer le reste de sa cargaison.

L'officier anglais ne répond pas tout de suite. Il me fixe longuement, puis son regard se dirige vers les officiers avant de revenir vers moi.

– Ainsi, finit-il par me demander en articulant chaque mot, vous-même, ainsi que ces hommes et ces femmes faisiez partie des… comment dirais-je… marchandises qui se trouvaient dans les cales ?

– C'est bien ça.

– Et vous vous êtes rendus maîtres du navire…

Le capitaine Ensor ne me laisse pas le temps d'acquiescer :

– Ce petit jeu a assez duré ! Ces individus font partie du chargement que l'on doit acheminer en Louisiane. J'exige du gouverneur des Bahamas qu'il me fournisse autant de soldats nécessaires à la reprise en main de mon navire. Il va sans dire que je m'oppose catégoriquement à ce qu'un seul esclave descende à terre. Chacun d'eux est une propriété privée américaine.

L'officier de quarantaine a écouté le capitaine avec un calme admirable. Après que celui-ci s'est exprimé, il fait quelques pas dans sa direction, s'arrête à moins d'un mètre de lui et le toise de toute sa hauteur.

– Capitaine, sans doute n'avez-vous pas remarqué le drapeau qui flotte à terre. Si tel est le cas, je vous engage à vous retourner dans sa direction. Vous remarquerez qu'il s'agit des couleurs de la couronne d'Angleterre. Par conséquent, je ne saurais trop vous conseiller de cesser d'*exiger*, ou de vous *opposer* à quoi que ce soit dans un pays qui n'est pas le vôtre. Ces hommes et ces femmes, dont vous parlez comme étant votre propriété, se trouvent à cette heure sur un territoire où, précisément, aucun être humain ne peut légalement appartenir à un autre. Je ne vois donc devant moi que des êtres libres, et non une quelconque marchandise.

– Vous ignorez un point important, intervient le premier lieutenant de la *Créole*, un meurtre a été commis à bord. En laissant en liberté une bande d'assassins, vous commettrez une erreur lourde de conséquence. Laissez-nous descendre à terre pour nous entretenir avec le consul des États-Unis.

– La victime se nommait John Hewell, un Américain, renchérit Thomas MacCargo qui vient de faire trois pas en avant, aussitôt suivi par le jeune Theophilus, toujours terrifié par notre présence, et qui ne lâche pas son oncle d'une semelle.

D'un simple geste, leur interlocuteur leur intime l'ordre de rester à leur place. Le marchand d'esclaves s'immobilise, ce qui ne l'empêche pas de poursuivre d'une voix suppliante :

– Accordez-nous de quitter le navire au plus vite. Mon neveu et moi risquons notre vie à chaque instant.

L'officier anglais lui tourne alors le dos pour s'entretenir un instant avec ses hommes. Puis il revient vers moi.

– Vous êtes des hommes libres ici. Je vous demanderai cependant de rester à bord, le temps de faire la lumière sur ce meurtre. Par ailleurs, vous comprendrez qu'il m'est difficile d'autoriser le débarquement immédiat d'un si grand nombre d'individus sans argent, sans papiers d'identité et à peine vêtus. Je dois d'abord en référer au gouverneur Cockburn pour qu'il prenne certaines dispositions pour vous accueillir.

S'adressant cette fois à l'ensemble de l'équipage, il poursuit :

– Nous ne tenons pas à ce que surviennent de nouveaux heurts entre vous à quelques encablures du palais du gouverneur. Les officiers et les passagers qui ne se sentent pas ici en sécurité descendront donc à terre à bord de la chaloupe de la *Créole*.

– Monsieur, lui dis-je alors qu'il s'apprête à tourner les talons pour rejoindre sa propre embarcation.

– Je vous écoute…

– Nous avons besoin d'un médecin. Deux hommes ont été blessés par balle.

– C'est entendu, je vous enverrai un chirurgien dès que possible.

Une fois la chaloupe de la *Créole* à l'eau, MacCargo et son neveu sont les premiers à y prendre place, suivis par les officiers et le reste de l'équipage. Enfin, un homme se dirige vers l'échelle pour les rejoindre. Il s'agit de Lewis, le domestique de Hewell. Malgré la disparition de son maître, le vieil homme n'a jamais quitté son costume de serviteur. Après la révolte, il est resté à l'écart des rebelles, prenant ses repas à part, n'adressant la parole à personne, de crainte d'être considéré par les officiers comme l'un des nôtres. Par la suite, aussitôt que Thomas MacCargo a quitté la cale, il s'est mis à son service, se désolidarisant ainsi de nous tous.

– Où vas-tu, Lewis ? lui dis-je en le retenant par le

bras. Tu n'as aucune raison de suivre cet homme. Tu as entendu les mots de l'officier anglais ? Les Bahamas ont aboli l'esclavage !

– Justement, c'étaient des mots, rien de plus. Regarde plutôt la réalité. Que vois-tu autour de toi ? Moi, je vois que seuls vos anciens maîtres sont autorisés à se rendre à quai, alors que vous êtes retenus à bord…

– Ce n'est qu'une question de temps. Nous serons bientôt libres. Nul n'a de droits sur toi dans ce pays.

– Tu es jeune, Madison. Ayant sans doute plus de trois fois ton âge, j'ai appris que certains individus sont plus forts que les lois. Qui sait ce qui peut se passer une fois que ceux-là se retrouveront à terre ? Ils finiront peut-être par s'entendre avec les Anglais autour d'une belle somme ; et, à la fin, nous repartirons tous pour la Louisiane. Si ce jour doit arriver, je préfère me trouver du bon côté…

Sur ces mots, le vieil esclave dégage son bras et gagne la chaloupe.

Peu après, tandis que je regarde l'embarcation s'éloigner vers la rive, les propos du vieux Lewis résonnent dans ma tête comme autant d'avertissements.

L'escadre

Est-ce la douceur du vent, qui apaise les âmes, ou bien la nature du paysage au milieu duquel nous sommes ancrés, mais au lendemain de notre arrivée, après le souvenir de la tempête, après la fièvre de la révolte, après la hantise d'aborder malgré nous les côtes américaines, l'humeur parmi les anciens esclaves est devenue légère, comme si l'histoire s'arrêtait là et que leur libération n'était plus désormais qu'une question d'heures. Cette insouciance tient sans doute aussi aux propos qu'a tenu devant eux l'officier de quarantaine. Pour la première fois de leur vie, celles et ceux qui n'ont connu que la captivité et les humiliations ont vu un représentant de l'ordre les traiter d'égal à égal avec leurs anciens maîtres.

Peu avant midi, une barque dirigée par deux rameurs vient dans notre direction. Un individu d'une trentaine d'années se trouve à l'avant, tenant son chapeau d'une main et laissant flotter sa chevelure blonde dans le vent. Lorsque l'embarcation aborde la *Créole*, l'homme qui monte à bord se présente comme le médecin envoyé par le gouverneur. Sans attendre, je le conduis dans la cabine du capitaine, au chevet de George et Adam. Là, je lui parle de la nature de leurs blessures. Tous deux ont été touchés par balle, le premier au ventre, le second à l'épaule. Leurs plaies se sont infectées et leur état s'aggrave de jour en jour. Le docteur les trouve grelottant sous leur couverture.

– L'idéal serait de les conduire à mon dispensaire, me dit-il en préparant son matériel de chirurgie. Je pourrais les opérer dans de meilleures conditions qu'ici...

– Qui vous en empêche ?

– Les ordres du gouverneur sont formels : personne ne quitte le navire sans son autorisation.

Une heure plus tard, le docteur se relève enfin, le visage en nage et la chemise collée à la peau. Durant le temps de son intervention, j'ai tenté de maintenir Adam et George immobiles tandis que les instruments s'introduisaient dans leurs chairs pour en extraire les projectiles. Quand la souffrance est devenue trop dure à supporter, l'un comme l'autre ont fini par perdre connaissance.

– À la grâce de Dieu, finit par lâcher le médecin en s'épongeant le front.

– Ils survivront ?

– J'ai fait tout ce que j'ai pu. Le reste n'est plus de mon ressort.

Une fois sorti de la cabine, l'homme s'apprête à remonter sur le pont quand je le retiens par le bras.

– J'aimerais encore vous montrer quelqu'un...

– Un autre blessé ?

– Non, une malade.

L'instant d'après, je l'accompagne auprès de Susan.

– De quoi souffre-t-elle ?

– Je l'ignore justement. Je pensais que vous pourriez me le dire. Elle ne se nourrit presque plus et passe son temps à dormir.

Le médecin l'ausculte sans même la réveiller. Lorsqu'il découvre sa cicatrice sur la cuisse et les lacérations sur son dos, il me demande ce qui lui est arrivé. Quelques minutes plus tard, il m'entraîne à l'extérieur.

– Elle n'a pas de fièvre, et ses organes semblent sains. Mais elle est extrêmement faible. Peut-être même trop faible pour survivre…

– Il n'y a rien à faire ?

– Rien en tout cas qui relève de la médecine ; c'est son âme qui est malade…

Une fois sur le pont, alors qu'il s'apprête à rejoindre l'embarcation qui l'attend, le médecin se tourne une dernière fois vers moi. Comme s'il lisait dans mes pensées, il me lance :

– Ce qu'elle a traversé l'a profondément affectée. Peut-être qu'une nouvelle vie lui permettra d'oublier le passé…

Au même moment, j'aperçois des dizaines de bateaux de pêche qui se dirigent vers la *Créole*. Une fois à notre hauteur, leurs occupants se mettent à nous saluer avec des cris d'enthousiasme ; les uns nous applaudissent, les autres nous offrent des fruits frais ainsi que toutes sortes de cadeaux de bienvenue. La nouvelle de la rébellion s'est répandue à terre comme une traînée de poudre et la population de New Providence, pour la plupart d'anciens esclaves rendus à la liberté par un décret d'abolition, ont aussitôt pris fait et cause pour nous.

En fin d'après-midi, alors que de nouveaux partisans n'ont cessé d'encercler notre navire pour fêter notre présence aux abords de l'île, j'aperçois cette fois deux chaloupes au milieu de la nuée de barques de pêche. Comme je ne les quitte pas des yeux, je finis par distinguer à bord de chacune d'elle une dizaine de soldats en uniforme, mousquet à la main. D'après le pavillon qui flotte à l'arrière de l'embarcation, il s'agit d'un détachement de l'armée anglaise. Mais celui-ci est exclusivement composé de Bahaméens. En les voyant approcher, mes compagnons se sentent rassurés par leur couleur de peau. Quant à moi, j'ignore ce détail et ne continue à voir que leurs armes, dont le métal étincèle dans le soleil couchant.

Les soldats abordent la *Créole* par l'échelle de poupe. Quand le détachement est au complet, leur chef, qui se présente comme le capitane Fitzgerald, se tourne vers nous :

– Ne résistez pas, il ne vous sera fait aucun mal !

L'instant d'après, il confisque chacune des armes à bord avant de disposer ses hommes le long des bordées du navire.

Quand tous ont rejoint le poste qui leur a été assigné, je m'approche de leur chef et lui demande la raison de sa présence.

– Je vous le répète, vous n'avez rien à craindre. Je vais même vous faire une confidence : le détachement que vous voyez autour de vous est uniquement composé d'anciens esclaves. Vous savez, on ne parle que de votre exploit sur le port. Tout le monde vous admire ici…

Cependant, le capitaine Fitzgerald a esquivé ma question. J'insiste pour obtenir une réponse.

– Pourquoi sommes-nous là ? répète-t-il en se grattant la tête. Vous savez, c'est moins pour vous que pour eux…

– Eux ? De qui parlez-vous exactement ?

– Les officiers américains. Ne croyez pas qu'ils accepteront de perdre aussi facilement deux cents hommes et femmes qui devaient débarquer en Louisiane.

John Bacon

La veille, à peine la chaloupe de la *Créole* avait-elle touché terre que le capitaine Robert Ensor et son premier lieutenant, Zephaniah Gifford, se firent conduire en calèche au consulat des États-Unis, une demeure coloniale située à l'orée de la ville. Là, ils furent reçus par un secrétaire qui, aussitôt informé de la situation, les fit patienter dans la bibliothèque avant d'alerter son supérieur qui se trouvait encore dans ses appartements.

Moins de dix minutes plus tard, les deux officiers étaient accueillis par John Bacon, le consul américain. Une fois à l'intérieur de son bureau, ce petit homme à la figure couperosée et aux gestes nerveux s'apprêtait à leur offrir un cigare quand le capitaine l'arrêta d'un geste afin d'entrer dans le vif du sujet :

– Il n'y a pas un instant à perdre. Si le gouverneur des Bahamas autorise le débarquement de notre cargaison, il sera trop tard.

– Par cargaison, l'interrompit le diplomate, vous entendez bien évidemment les…

– Plus de deux cents esclaves destinés à une vente aux enchères, le coupa Gifford.

– C'est bien ce que je pensais… En effet, la situation est délicate. Je connais suffisamment bien l'état d'esprit qui règne chez les Anglais pour m'attendre à tout de leur part.

John Bacon avait prononcé les termes « état d'esprit » et « Anglais » avec un ton de profond mépris. Il n'était pas difficile pour le capitaine et son second de s'apercevoir qu'ils avaient en face d'eux un farouche opposant à l'abolition de l'esclavage, ce qui faisait de lui un allié précieux. Tous deux prirent alors le temps de raconter en détail les faits qui les avaient conduits à jeter l'ancre dans la baie de Nassau. Quand ils achevèrent leur compte rendu, le consul se redressa de son siège et, absorbé dans sa réflexion, fit quelques pas dans la pièce pour mieux rassembler ses idées.

Selon John Bacon, un monde bien ordonné se devait de respecter un système ancestral de races et de castes, où maîtres et esclaves restaient à la place qui, selon lui, leur avait été accordée aussi bien par la Constitution que par les Saintes Écritures.

– Vous avez raison, lâcha-t-il enfin, il faut agir vite.

– Quel est votre plan ? demanda le capitaine.

– Je vais exiger du gouverneur Cockburn qu'il nous reçoive dès demain. Avant cela, nous lui aurons signifié par écrit qu'un meurtre ayant été commis à bord, le ou les coupables pourraient se volatiliser si les esclaves se voyaient autorisés à débarquer.

– Je me moque bien de trouver le meurtrier de Hewell, s'emporta le capitaine, nous voulons seulement gagner la Louisiane avec notre cargaison au complet.

– Ne vous inquiétez pas, je sais ce que je fais. Pour l'instant, il s'agit surtout de gagner du temps. Quand le gouverneur aura accepté le principe de l'enquête, nous ferons volontairement traîner l'arrivée de l'un de nos juges pendant que des vaisseaux militaires américains s'approcheront des eaux territoriales bahaméennes. Voilà qui devrait intimider le gouverneur. Je ne suis pas sûr en effet qu'il souhaite provoquer une guerre entre les États-Unis et la Couronne britannique.

– Vous pensez qu'on en arrivera à une telle extrémité ? demanda le lieutenant Gifford.

– Si chacun campe sur ses positions, il faut envisager le pire. Pour l'instant, il y a fort à parier que la Maison Blanche prenne cette affaire très au sérieux. Et je n'imagine pas le président regarder l'Angleterre spolier des citoyens américains sans réagir.

Après ces mots, le consul se leva et raccompagna ses visiteurs vers la sortie. Au moment de refermer sa porte derrière eux, il ajouta dans un sourire qui se voulait rassurant :

– Allons, gardez espoir, ce bougre de gouverneur Cockburn finira bien par céder.

– Vous croyez vraiment qu'il va nous permettre de repartir avec notre cargaison au complet ?

– Vous savez, les Anglais se montrent parfois idéalistes, alors il ne faut jurer de rien. Mais s'il prend le temps de la réflexion, le gouverneur s'apercevra que la liberté d'une poignée d'esclaves ne vaut pas la peine de déclencher un nouveau conflit entre nos deux États.

Sir Francis Cockburn

Au lendemain de leur entrevue au consulat des États-Unis, le capitaine Ensor et le consul américain étaient sur le point d'être reçus par le gouverneur des Bahamas. Tandis que la pendule du palais sonnait onze heures, sir Francis Cockburn fit entrer ses hôtes dans son bureau. Puis, sans préambule, il leur dit en les fixant tour à tour dans les yeux :

– J'ai lu attentivement votre compte rendu des événements qui se sont déroulés sur la *Créole*. Mais avant de prendre une décision au sujet des esclaves qui se trouvent à bord, je dois éclaircir un dernier point.

– Nous vous écoutons, répond aussitôt John Bacon.

Le gouverneur se tourna alors vers Robert Ensor :

– Dites-moi, capitaine, vous avez déclaré que John Hewell avait été tué de sang-froid. Sauriez-vous m'expliquer les raisons d'un tel geste ?

– Eh bien, cet homme représentait l'autorité, comme nous tous...

– Certes, poursuivit Sir Cockburn, mais dans ce cas, pourquoi lui en particulier, et non les dénommés MacCargo, Merritt ou encore vous-même ?

– Pourquoi lui ? répéta Ensor en adressant un regard en coin vers le consul. Je l'ignore, il faudra interroger le coupable quand on l'aura identifié…

– Éclairez-moi encore sur un point : les combats ont été farouches, et vous aviez des armes…

– En effet.

– C'est d'ailleurs ce que j'ai pu lire dans le rapport de mon officier de quarantaine, selon lequel deux esclaves ont été blessés par balles. Mais ces derniers ne se sont-ils pas défendus après avoir essuyé des coups de feu ?

– Oui, mais… sans tuer personne.

– Si je comprends bien, les rebelles sont parvenus à vous désarmer sans faire de victimes.

– C'est bien ça.

– Et ce n'est qu'après s'être rendus maîtres du navire que l'un d'eux aurait décidé d'exécuter froidement John Hewell. Lui et pas un autre.

– C'est bien ce qui s'est passé, enfin, dans les grandes lignes… Vous savez, je peux difficilement vous en dire plus, il faisait nuit, et puis la tempête battait son plein ; difficile de tout reconstituer dans ces conditions.

– Mais enfin, Excellence, intervint le consul américain visiblement agacé par le tour que prenait la conversation, un homme a été tué, un Blanc de surcroît, assassiné par un Noir, que vous faut-il de plus ? Pourquoi toutes ces questions ?

– Ce qui m'importe, monsieur Bacon, dit le gouverneur en fixant froidement son interlocuteur, c'est la vérité. Et une exécution commise de sang-froid est très différente d'un acte de légitime défense. La première est passible de la peine de mort, le second vaudrait à son auteur d'être acquitté.

– Soyez persuadé que nous tenons autant que vous à faire la lumière là-dessus. Voilà pourquoi nous nous engageons à faire venir nos meilleurs enquêteurs des États-Unis. J'ai déjà adressé un courrier dans ce sens à mon gouvernement. Je suis persuadé qu'il prendra cette affaire très au sérieux. Le président verrait en effet d'un mauvais œil que le meurtrier d'un respectable citoyen américain puisse disparaitre dans la nature par votre seule faute.

Le gouverneur se redressa pour signifier qu'il souhaitait mettre un terme à cet entretien. D'un geste, il invita ses hôtes à le suivre vers la porte. Avant de prendre congé d'eux, il leur glissa :

– Laissez-moi le temps de réfléchir à vos requêtes, vous aurez ma réponse écrite avant demain.

Après le départ de ses visiteurs, sir Francis Cockburn retourna à son bureau et demeura pensif un instant ; puis il appela Charles Nesbitt, le secrétaire colonial des Bahamas.

– Dites-moi, vous avez bien écouté notre conversation, n'est-ce pas ?

– Oui, excellence. J'ai suivi vos instructions : je me tenais derrière la porte et je n'ai pas perdu une miette de ce qui s'est dit ici.

– Qu'en pensez-vous ?

– Sans doute la même chose que vous : le consul cherche à tout prix à gagner du temps.

– En effet. Il sait qu'une fois que j'aurai permis aux anciens esclaves de descendre à terre, le capitaine ne les récupérera jamais. Cette histoire d'enquête n'est qu'une ruse. Certes, ils entendent faire exécuter l'homme qui a tué ce John Hewell, mais ils souhaitent surtout repartir chez eux avec la totalité de ce qu'ils appellent leur « cargaison ».

– Comment les en empêcher ?

– Mon instinct me dicte d'autoriser les mutins à quitter le navire avant qu'il ne soit trop tard. Mais il me faut agir en toute légalité.

– Que comptez-vous faire ?

– Je vais commencer par écrire à lord Aberdeen, notre ministre des Affaires étrangères. La situation est plus sensible qu'il n'y paraît. Vous avez entendu le consul : pour tenter de m'intimider, il va alerter la présidence des États-Unis. Mais comme aucune réponse ne nous parviendra de Londres avant plusieurs semaines, je vais tout de suite adresser un courrier à John Bacon. Je vais lui laisser entendre que je compte donner une issue favorable à sa requête avant de lui rappeler entre les lignes qu'il ne fait pas la loi ici. Et comme il ne va guère apprécier la seconde partie de ma lettre, nous devrons rester sur nos gardes. Je me méfie comme de la peste de cet homme…

– Devons-nous faire surveiller la *Créole* ?

– J'y ai déjà pensé : l'amiral Collins a dépêché une vingtaine d'hommes à bord.

Ce même soir, John Bacon s'entretenait avec Robert Ensor lorsqu'un secrétaire lui remit un pli urgent. Quand il reconnut le cachet du gouverneur des Bahamas, il l'ouvrit aussitôt et en parcourut les premières lignes en silence. L'instant d'après, il laissait éclater sa joie.

– Ça y est, capitaine ! Cockburn accède à notre requête : il n'autorisera aucun esclave à descendre à quai tant que l'enquête n'aura pas livré ses conclusions. Tenez, il va même plus loin : il a envoyé des soldats à bord de la *Créole* pour surveiller votre cargaison.

Le consul exultait. Il posa un instant la lettre sur son bureau et sortit deux verres qu'il emplit de rhum.

– Trinquons à ce freluquet de gouverneur, lâcha-t-il dans un éclat de rire. Nous le tenons dans notre main. Je le savais : il tremble comme une feuille à l'idée d'une guerre.

Après avoir savouré une première gorgée, le consul prit le temps de déchiffrer la fin du courrier. Le sourire qu'il dessinait sur ses lèvres l'instant plus tôt commença à se crisper. Puis, hors de lui, il lut tout haut le dernier paragraphe :

> *Cependant, comme je ne peux accepter la présence d'officiers de justice américains sur le sol de l'Empire britannique, seule une commission d'enquête bahaméenne sera habilitée à mener ses investigations à bord de la Créole. Ainsi, dès l'instant où les coupables de la rébellion seront identifiés, le reste des détenus sera immédiatement libéré.*

– Nous sommes coincés, lâcha froidement le capitaine pendant que le consul froissait la lettre dans son poing. Leurs enquêteurs ne mettront pas longtemps à comprendre qu'une poignée d'esclaves seulement ont participé à la mutinerie ; tous les autres seront aussitôt mis hors de cause et libérés dans la foulée. Nous allons perdre la majeure partie de notre cargaison !

– À moins…

– Oui, poursuivez…

– À moins que je ne vous aide à récupérer votre navire par les armes…

L'aveu

Au matin du cinquième jour après notre arrivée, deux individus montent à bord de la *Créole*. Un militaire à la stature immense suivi d'un jeune homme en tenue civile. Tous deux sont accueillis par le capitaine Fitzgerald.

– Je vous présente le lieutenant Warren Galloway, accompagné de son secrétaire, me dit le capitaine. C'est l'enquêteur dépêché par l'amirauté, il vient faire la lumière sur les circonstances de la rébellion.

Aussitôt après, l'officier fait monter une table et des chaises de la cabine du capitaine avant de s'installer à l'ombre du château arrière. Une fois en place, son secrétaire déplie son écritoire et dispose plumes et encrier devant lui.

Après s'être fait monter le livre de bord, comportant le nom et l'âge de chacun, le lieutenant et son adjoint appellent un par un les anciens esclaves avant de les interroger sur ce qui s'est passé au large de la Caroline.

Trois heures plus tard, tandis qu'il partage son repas avec le capitaine Fitzgerald, je choisis de lui parler.

– Lieutenant, pensez-vous que nous pourrons descendre à terre rapidement ?

– Cette décision n'appartient qu'au gouverneur Cockburn.

– Mais vous devez bien avoir un avis…

– Mon avis, jeune homme, ne regarde que moi. Un officier remet des rapports, il n'est pas là pour juger ni pour livrer le fond de sa pensée…

Dans le silence qui suit, l'homme me dévisage et finit par effacer le masque austère d'officier de l'amirauté qu'il portait depuis son arrivée.

– Cependant, je crois pouvoir dire que l'ensemble des femmes devraient être mises hors de cause. D'après les premiers témoignages que je viens de recueillir, il apparaît qu'elles étaient enfermées au moment de la prise du navire. Quant aux hommes qui sont restés dans la cale, il me semble également difficile de leur reprocher quoi que ce soit… Mais il n'en reste pas moins qu'un certain John Hewell a été tué, et je dois identifier un ou plusieurs coupables.

– Je suis le seul responsable de la mort de cet homme.

Le secrétaire de Warren Galloway interroge aussitôt son supérieur du regard pour savoir s'il doit consigner cette confession. Le lieutenant lui fait signe de ne rien faire pour l'instant avant de me dévisager.

– Savez-vous que vous risquez la mort pour ces aveux ?

– Je m'en doute. Mais si cela permet à mes compagnons d'être libérés, je peux les signer tout de suite.

– Que s'est-il passé exactement ?

– Hewell avait une arme sur lui. Il venait de faire feu sur l'un de mes hommes. Comme il s'apprêtait à tirer de nouveau, je me suis défendu, voilà tout.

Tous les regards sont désormais tournés vers moi. Seule ma voix se détache au milieu du silence qui est tombé sur le pont.

– Et ici, comme je le ferai demain devant une cour de

justice, je déclare que j'assume pleinement mon geste. Tout homme privé de liberté se doit de lutter pour briser ses chaînes. De quoi suis-je coupable ? D'avoir voulu échapper à ma condition d'esclave ? Devrais-je pour cela être condamné par un pays qui a aboli l'esclavage ?

Le lieutenant Galloway fait signe à son secrétaire de débarrasser les restes du repas et de se tenir prêt à écrire. Puis il me fixe à nouveau :

– Mon adjoint va consigner votre témoignage. Après cela, vous lui donnerez le nom de ceux qui vous ont aidé à vous rendre maître du navire.

– Je vous ai tout dit me concernant. Mais ne comptez pas sur moi pour dénoncer ceux qui ont combattu à mes côtés. Cependant, si cela peut permettre de libérer tous les autres, je suis sûr qu'aucun d'eux ne vous cachera la vérité.

Veillée d'armes

À la nuit tombée, John Bacon ainsi que les lieutenants Lucius Stevens et Zephaniah Gifford s'engagent discrètement sur la passerelle de la *Louisa*, un brick battant pavillon américain, amarré depuis deux semaines à Nassau.

Dès qu'il les aperçoit sur le pont, le capitaine Woodside ordonne à deux de ses hommes de les aider à acheminer à bord les mousquets qu'ils tiennent aux bras, dissimulés sous des étoffes.

– Personne ne vous a vus ?

– Non, capitaine, répond Gifford en s'engouffrant vers le carré des officiers.

Plus tôt dans l'après-midi, le consul américain avait convoqué au consulat les officiers de la *Créole*. Dans le secret de son bureau, il leur avait parlé à mi-voix du capitaine Calvin Woodside, un farouche esclavagiste. Bien après l'interdiction de la traite négrière atlantique par le Sénat, cet homme originaire de Caroline du Sud avait prospéré dans la contrebande d'esclaves depuis l'Afrique. Depuis peu, alors qu'il avait dépassé l'âge de soixante ans, il s'était reconverti dans le transport du tabac, une activité moins lucrative mais aussi moins risquée, à l'heure où les contrôles s'intensifiaient autour des navires hauturiers. Malgré cela, au nom de ses convictions, il avait aussitôt accepté de prêter son navire à une opération visant à reprendre par la force deux cents esclaves américains sur le point d'être libérés.

La *Louisa* devant officiellement prendre la mer le lendemain pour rallier la Floride, il fut alors convenu qu'elle partirait dès le milieu de la nuit et se dirigerait tous feux éteints vers la *Créole*, toujours ancrée en rade de Nassau. Une fois à sa hauteur, ses hommes se lanceraient à l'abordage du navire. La réussite de l'opération dépendrait de l'effet de surprise. En cas de succès, un signal serait aussitôt envoyé à un autre voilier américain, le *Congress*, sur lequel attendrait le capitaine de la *Créole*, entouré de son équipage, afin qu'il reprenne le commandement de son navire.

– Quelle que soit la tournure des événements, dit le consul au capitaine de la *Louisa*, ne citez jamais mon nom. J'agis de ma propre initiative et non en tant que diplomate américain. Quant au capitaine de la *Créole*, si les choses devaient mal tourner, il nierait également toute complicité dans l'assaut donné à son propre vaisseau.

– Une dernière chose, intervient Calvin Woodside. Que se passera-t-il si la flotte britannique nous prend en chasse après l'abordage ?

– Ce sera probablement le cas, mais les Anglais n'oseront jamais faire usage de leurs canons.

– Comment pouvez-vous en être sûr ?

– En ouvrant le feu sur des navires américains, ils signeraient une déclaration de guerre. Sans compter qu'ils risqueraient de couler la *Créole* avec à son bord deux cents esclaves qu'ils souhaitent précisément libérer. Croyez-moi, ils n'ont rien à gagner à faire usage de la force.

Quelques instants plus tard, le consul et les deux officiers se rendent cette fois à bord du *Congress*, une goélette amarrée à quelques encablures de la *Louisa* et à bord de laquelle se tient l'équipage de la *Créole*. Le capitaine Ensor a revêtu sa grande tenue d'officier, avec sabre à la ceinture. Il se tient debout, le regard dirigé vers la rade, certain de ramener bientôt sa cargaison en Louisiane.

Levez l'ancre !

Réveillé en sursaut par un branlebas de combat au-dessus de ma tête, je me précipite à l'extérieur, très vite rejoint par plusieurs de mes compagnons. Mais à peine sommes-nous arrivés au sommet de l'échelle qui mène sur le pont qu'un soldat du détachement bahaméen nous en interdit l'accès.

– Redescendez, nous hurle-t-il. Ordre du capitaine Fitzgerald !

Condamnés à rester où nous sommes, nous ne pouvons prêter main-forte à ceux qui protègent notre liberté, et, dans un tonnerre de coups de feu, nous ne pouvons que prier pour qu'ils réussissent. Les sens aux aguets, nous guettons le choc sur l'une des bordées, qui indiquerait que l'ennemi est sur le point d'investir le pont du navire. Mais déjà, les tirs se font plus épars. Enfin, le silence revient. L'attaque a été de courte durée. Prisonniers de l'entrepont, nous n'en connaissant toujours pas l'issue. N'y tenant plus, je gravis de nouveau l'échelle, bien décidé à me rendre sur le pont, quand je vois les soldats de l'escadre bahaméenne se congratuler.

La riposte immédiate de nos gardiens, restés en alerte depuis le premier jour, a mis en déroute le corps de matelots de marine marchande, nullement aguerris à ce genre d'exercice. L'assaut donné à la *Créole* n'a été qu'une folie conçue par des êtres qui n'acceptaient pas que le monde puisse changer autour d'eux. Cette nuit-là allait signer l'une de leurs premières défaites d'envergure.

À terre, pendant ce temps, alerté par les sentinelles du palais qui ont perçu des coups de feu sur la mer, sir Francis Cockburn s'habille à la hâte. Puis, d'un pas nerveux, il rejoint son bureau devant lequel l'attend le secrétaire colonial.

– Quels sont vos ordres, Excellence ?

– Mobilisez immédiatement nos forces navales pour qu'elles bloquent l'entrée de la rade.

Le gouverneur se dirige alors vers sa table de travail pendant qu'un domestique allume précipitamment des lampes à pétrole autour de lui. Il trempe nerveusement sa plume dans l'encrier et s'apprête à rédiger ses ordres destinés à l'amiral en chef de l'archipel quand un quartier-maître se présente hors d'haleine à sa porte.

– Excellence, dit celui-ci après avoir esquissé un salut militaire, les assaillants sont en déroute !

– Que s'est-il passé exactement ?

– Les hommes de la *Louisa* ont tenté de prendre d'assaut la *Créole*. Mais il n'y a aucune victime parmi nos troupes.

– Où sont-ils à présent ?

– À l'heure où nous parlons, en fuite vers le nord-ouest… Ils font voile vers la Floride pour échapper à des représailles.

– Merci, vous pouvez disposer.

Une fois seul avec son secrétaire, sir Francis Cockburn se renverse sur le dossier de sa chaise. Il pousse un soupir de soulagement, se félicitant intérieurement d'avoir dépêché des soldats auprès des anciens esclaves. Puis il se rapproche de nouveau de son bureau, prend une feuille vierge et, tout en écrivant, poursuit sur un ton très posé :

– Cet incident a le mérite de changer la donne : je peux désormais ratifier la décision que j'aurais dû prendre depuis le début. Voici un ordre de mission pour que la *Créole* lève l'ancre sur-le-champ.

– Pour qu'elle retourne aux États-Unis ? demande Nesbitt, stupéfait.

– En effet, Charles, pour qu'elle retourne aux États-Unis, répète le gouverneur avec un petit sourire, mais, avant cela, le navire traversera la rade et viendra accoster à Nassau, où nous libérerons presque tous les individus qui se trouvent à bord.

– *Presque* tous ?

– Oui, un rapport d'enquête m'est parvenu hier soir ; il désigne dix-neuf instigateurs de la révolte. Je dois garder ces hommes sous la main en attendant les consignes de Londres.

– Entendu, excellence, lâche le secrétaire en saisissant le courrier que lui tend son supérieur.

– Attendez un instant, Charles, laissez-moi encore rédiger deux autres plis. Vous remettrez le premier au capitaine Robert Ensor : il lui intime l'ordre de quitter les Bahamas avant la tombée du jour. Que lui et son équipage se tiennent prêts à embarquer sur la *Créole* quand tout le monde aura été libéré. Quant à la seconde lettre, elle demande au révérend Aldridge de prendre en charge les anciens esclaves. Je veux qu'aussitôt à terre ils soient nourris et soignés, et qu'on mette tout en œuvre pour qu'ils puissent trouver un travail et un logement.

Le soleil de Nassau

Au moment où le soleil se lève sur l'archipel, le procureur général de New Providence paraît à bord de la *Créole*. Il est accompagné de plusieurs matelots auxquels il ordonne de lever l'ancre avant de rejoindre le port. Pendant les manœuvres d'appareillage, il rassemble tout le monde sur le pont et annonce d'une voix solennelle la nouvelle que tous attendaient : leur existence d'esclave s'achève là ! C'est en tant qu'hommes et femmes libres qu'ils vont toucher terre d'un moment à l'autre.

Dans la clameur qui suit cette déclaration, le procureur tente en vain de poursuivre son propos. Mais l'enthousiasme est à son comble. Nul ne l'écoute plus. Le pont du vaisseau n'est que cris, larmes et accolades. Ne parvenant plus à se faire entendre, le procureur observe un instant les matelots qui déferlent les voiles avant que le timonier ne mette le cap sur Nassau.

De longues minutes plus tard, quand la rumeur s'apaise enfin, il parvient à lire à haute voix une liste de dix-neuf noms, parmi lesquels figure le mien. Il nous entraîne alors à l'intérieur du navire et nous explique que la décision du gouverneur ne s'applique pas à nous. L'enquête nous concernant devra aller à son terme et, en attendant la décision de la cour de l'amirauté, nous resterons en prison.

La perspective de la détention aurait affecté n'importe quel homme libre ; mais, libres, nous ne l'avions jamais été, ou si peu ; la séquestration était notre quotidien, nous n'avions jamais connu qu'elle. Nous savoir prisonniers quelques jours encore, peut-être quelques semaines voire quelques mois, ne bouleverse pas davantage mes compagnons que moi-même.

Certes, je n'ai pas oublié que je risque d'être exécuté pour le meurtre de John H. Mais, au même moment, près de deux cents individus nés dans les fers sont sur le point de devenir des citoyens ordinaires : cela suffit à mon bonheur. Et puis, depuis le premier jour de mon évasion, n'ai-je pas vécu dans le seul but de sauver Susan ? C'est chose faite désormais. Fille et petite-fille d'esclave, la voilà libre.

À notre arrivée, une foule immense se presse sur le quai pour nous accueillir. Jamais je n'ai été le témoin d'une telle allégresse. Des milliers d'anciens esclaves se sont pressés vers le port, revivant l'émotion qu'ils ont ressentie lorsque les autorités anglaises ont aboli l'esclavage dans leurs colonies. Je n'ai nullement conscience que ce moment est historique. J'ignore encore que mes compagnons et moi venons de mener à son terme la plus vaste évasion d'esclaves de l'histoire des États-Unis. Ce ne sera que bien des années plus tard, en m'intéressant aux révoltes qui ont précédé la nôtre, que je prendrai la mesure de ce que nous avons accompli : soit deux cents individus gagnant leur liberté.

Derrière une rangée de gardes qui ont toutes les peines du monde à contenir la foule, se trouvent le capitaine Ensor et ses deux officiers ; dans leur dos se tiennent William Merritt, Thomas et Theophilus MacCargo ainsi que l'équipage au grand complet, à l'exception de Lacombe, dont je suppose qu'il a dû embarquer sur le premier navire venu, en se jurant de ne jamais remettre les pieds aux États-Unis, où sa tête devait déjà être mise à prix pour avoir aidé des mutins. Tous restent blottis les uns contre les autres, les traits tendus à se rompre, sans échanger un seul mot. Craignant pour leur vie face à une foule qui cherche à en découdre avec eux, ils ne peuvent qu'assister impuissants à leur défaite.

Quand le dernier d'entre nous met le pied à terre et qu'ils montent enfin à bord sous les invectives et les jets de pierres, j'aperçois la silhouette de Lewis qui ferme la marche. Tandis que le vieil esclave s'apprête à emprunter la passerelle, j'échappe à la surveillance de mes gardes et me précipite vers lui :

– Que fais-tu ? Ta place est à terre, avec les autres !

– Si je reste avec vous, je vivrai chaque jour dans la crainte d'être arrêté.

– Mais nos anciens maîtres ne peuvent plus rien contre nous dans cette île. Nous avons gagné, Lewis !

– Qu'est-ce que je vais devenir ? me confie-t-il alors en continuant d'avancer, je n'ai jamais connu la liberté...

Tandis que je saisis son bras pour l'empêcher de monter à bord, je plonge mes yeux dans les siens et découvre une immense détresse dans son regard.

– Ce n'est pas contre toi que je me bats, lui dis-je avec davantage de chaleur dans ma voix. Mais contre la peur qui te dévore. Sache que tu n'auras jamais une seconde chance. Si tu montes sur ce navire, tu vivras le restant de tes jours en pensant à l'existence que tu aurais pu mener en tant qu'homme libre.

À court d'arguments, je relâche enfin ma prise. Lewis hésite un instant puis esquisse un mouvement vers la *Créole* quand le révérend Aldridge lui glisse à son tour quelques mots en aparté. Le vieil homme fond alors en larmes et s'immobilise.

Thomas MacCargo, qui a assisté à la scène depuis le bastingage, lui intime l'ordre de monter à bord sur-le-champ. Lewis tourne immédiatement les yeux vers lui avant de céder à cet élan instinctif qui le saisit aussitôt qu'on prononce son nom. Cette fois, j'entends le prêtre lui dire tout haut :

– Cet homme n'est plus rien pour vous. Vous êtes maintenant son égal devant Dieu.

Alors, avec une infinie lenteur, Lewis finit par tourner le dos au navire et s'éloigne du quai d'un pas hésitant. Derrière lui, tandis que MacCargo lui lance des bordées d'injures, les hommes d'équipage relèvent la passerelle.

L'instant d'après, ils larguent les amarres.

Les geôles de New Providence

Après cinq jours de détention, je vois Adam Carnay mourir sous mes yeux. Moins d'une semaine plus tard, il est suivi par George Grundy.

J'avais demandé à partager leur cellule, où un médecin est venu les voir chaque jour. Malgré les soins qu'ils ont reçus, leurs blessures ont eu raison de leur rage de vivre, les emportant moins d'un mois après la prise de la *Créole*. Aujourd'hui encore, je continue de penser à eux, les deux seules victimes de la rébellion dans nos rangs. C'est grâce à leur sacrifice qu'une cinquantaine de femmes et quelque deux cents hommes ont gagné leur liberté. Comment les oublier ? Comment ne pas vouloir graver leur nom dans la roche des lieux où ils ont vécu, pour que le pays où ils ont vu le jour ne les oublie jamais ?

Nos conditions de détention n'ont rien à voir avec leur mort. L'accueil qui nous a été réservé par la population à notre arrivée a perduré entre les murs de la prison. Pour les habitants de l'archipel, nous sommes des héros, et c'est comme tels que nous sommes traités à l'intérieur même de notre cachot. Chaque jour ou presque, nos gardiens nous apportent des nouvelles de l'extérieur, nous parlant de nos compagnons dont un grand nombre a rejoint la Jamaïque, où l'on manque de bras depuis l'abolition de l'esclavage. Quand je leur demande des nouvelles de Susan, ils me répondent que le révérend Aldridge lui a proposé un travail dans une filature mais qu'elle est toujours trop faible pour s'y rendre. Je continue à croire qu'elle guérira, me persuadant qu'avec le temps elle redeviendra elle-même.

Mais la vérité est sans doute davantage une affaire de courage que de réflexion. Dans les rares moments où j'ai la force de regarder les choses en face, je me dis qu'un élément m'échappe, qui pourrait tout expliquer, quelque chose de plus grave, de plus profond, et peut-être de plus terrifiant encore que ce dont m'a parlé Elijah dans la forêt de Shenandoah. Alors, je me souviens des mots que Susan m'a adressés dans la cabine de la *Créole*, pour me prévenir qu'il est des blessures dont on ne guérit pas, comme celles qui viennent d'emporter George et Adam.

Après la mort de mes compagnons de cellule, les gardiens s'inquiètent de savoir si je ne manque de rien. Je leur réponds sans hésiter :

– Je voudrais de quoi écrire.

C'est là, dans la chaleur pesante d'une geôle de Nassau, que je prends la décision de rédiger mon histoire, depuis la rencontre de mes parents jusqu'à l'accostage de la *Créole* aux Bahamas. Dans une solitude complète, m'étonnant chaque jour de la densité des heures, je redessine la présence de Susan. C'est grâce à elle, aux mots que je lui adresse derrière chaque ligne de mon récit, que je ne perds pas l'esprit au moment où les journées s'étirent en longueur, emplies d'un silence envoûtant, à l'opposé des événements que j'ai affrontés tout au long de cette année. Après avoir traversé un pays du nord au sud, puis fomenté une rébellion en plein océan, mon avenir est toujours aussi incertain, à cette différence près : au lieu d'être maître de mes actes, je reste suspendu à l'arrêt d'une cour de justice.

Depuis cette époque, ces quelques deux cents feuillets ne me quittent plus. Ils contiennent une part essentielle de mon existence dont je ne souhaite oublier aucun détail. J'aime à imaginer que ces pages témoigneront de ce que j'ai accompli si mon histoire venait à s'effacer des mémoires. Et plus de quarante ans après mon séjour dans les geôles de Nassau, alors que je me trouve aujourd'hui au soir de ma vie, c'est ce même récit que j'ai entrepris d'achever.

Ondes de choc

Un mois après le début de ma détention, le gouverneur en personne vient me rendre visite. Il a été intrigué par ma demande d'encre et de papier qui lui a été rapportée. C'est l'une des raisons qui l'a poussé à vouloir me connaître. Sir Francis Cockburn fait partie de ces hommes qu'il est impossible d'oublier. De son être se dégage à la fois une profonde humilité et une autorité naturelle qui force le respect. En prenant place en face de moi, il commence par me confier qu'il attend chaque jour les ordres de Londres au sujet de la libération des mutins de la *Créole*. Il a toujours défendu la cause abolitionniste et il espère pouvoir nous ouvrir bientôt les portes de la prison.

– Si une réponse tarde à venir d'Angleterre, me confie-t-il, c'est que la question de votre liberté reste épineuse. Une partie de l'opinion américaine exige que vous soyez jugés par un tribunal fédéral tandis que les abolitionnistes militent pour que les charges retenues contre vous soient purement et simplement annulées.

– Et votre gouvernement, qu'en pense-t-il ?

– L'opinion publique anglaise vous est acquise, me dit-il aussitôt, ce qui lui laisse le temps de chercher les mots justes pour répondre à ma question. Sachez aussi que la presse s'enflamme pour votre aventure, vous êtes devenus des célébrités à Londres. Pour ce qui est des autorités, en revanche, la situation n'est pas aussi tranchée. Les débats à propos de votre acquittement agitent chaque jour la Chambre des lords : la plupart des membres jugent votre révolte légitime quand d'autres redoutent la réaction des États-Unis en cas d'acquittement. La marine américaine est déjà mobilisée dans les ports de Floride ; les conséquences de votre libération pourraient s'avérer désastreuses… Pour ne rien vous cacher, nous sommes au bord de la guerre.

Au moment de prendre congé de moi, le gouverneur arrête son regard sur les feuilles posées sur ma table. Il souhaite en savoir davantage sur la teneur de mes écrits. Après mes explications, il me demande la permission d'emprunter les premières pages que j'ai rédigées, celles-là même où j'évoque les dernières années de ma mère et ma fuite au Canada. J'accède à sa requête ; en contrepartie, je lui demande de veiller personnellement sur Susan.

Sir Francis Cockburn vient maintenant me rendre visite chaque semaine. Après avoir franchi la porte de ma cellule, il me restitue les feuilles qu'il m'a empruntées et je lui remets la suite de mon journal. Il découvre ainsi chacun des épisodes de mon périple à travers les États-Unis : mon retour en Virginie en compagnie de Chayton, ma rencontre avec Lindley Cooper, la nuit passée dans le camp des fugitifs, jusqu'à ma reddition volontaire et mon rachat par Thomas MacCargo. À plusieurs reprises, il me pose des questions sur certains points de mon récit, comme le fonctionnement du chemin de fer clandestin, ou bien le nombre d'esclaves qui se trouvaient réellement à bord de la *Créole*. Les journaux qu'il reçoit des États-Unis évoquent le nombre de cent trente, alors que les rapports de l'amirauté bahaméenne en ont recensé deux cent trois exactement. Je lui explique alors que si certains captifs n'apparaissaient pas dans la liste officielle du capitaine Ensor, c'est que sa « cargaison », comme il l'appelait, comprenait un grand nombre d'affranchis, capturés illégalement par Hewell et MacCargo, qui comptaient les revendre frauduleusement en Louisiane.

Après deux mois de détention, je peux affirmer qu'une certaine amitié a vu le jour entre nous. Sir Francis Cockburn fait preuve d'une grande délicatesse lorsqu'il me parle de Susan. Voyant sa santé se dégrader chaque jour, il a pris la décision de la loger dans une dépendance de son palais. Elle n'y manque de rien et reçoit la visite de ses propres femmes de chambre qui, aux heures des repas, viennent l'aider à se nourrir. À la manière dont il me parle d'elle, j'ai pour la première fois le sentiment qu'elle pourrait ne pas survivre au mal dont elle souffre. Cockburn comprend aussitôt mes craintes. Après avoir été un lecteur privilégié de mon récit, il sait mieux que personne à quel point je suis attaché à elle. Alors, quand le silence retombe entre nous, pour m'aider à chasser mes pensées obsédantes, il ouvre l'un des journaux qu'il reçoit chaque semaine des États-Unis et m'en fait la lecture.

– Écoutez ce qu'écrit le *New Orleans Bulletin*, me dit-il un matin : « Cette affaire est explosive. Il s'agit désormais de savoir si les Anglais peuvent priver d'honnêtes citoyens américains de leur marchandise. » Le *New York Herald* signale lui aussi de graves tensions avec l'Angleterre. Quant au *Signal of Liberty*, un hebdomadaire du Michigan, il use de cette très belle formule pour légitimer votre rébellion :

« Résister aux tyrans, c'est obéir à Dieu ». Mais je vous ai gardé le meilleur pour la fin : l'*Evangelist,* un journal publié à New York, n'hésite pas à parler de vous comme d'un « héros romantique ».

Le gouverneur m'explique ce jour-là ce qui se joue au cœur du pouvoir américain entre les représentants du courant abolitionniste, qui réclament notre libération immédiate des geôles de Nassau, et les esclavagistes qui ne jurent que par notre retour et un procès public. Ceux-là soutiennent que les esclaves sont des « biens matériels » ; comme tels, ils doivent être restitués à leurs propriétaires.

Le gouverneur me parle aussi de nos partisans, parmi lesquels Joshua Reed Giddings, le député de l'Ohio, qui a déposé une résolution établissant que la loi de Virginie ne s'applique pas au-delà des eaux territoriales de l'État. Par conséquent, les marchands d'esclaves ne peuvent nullement revendiquer la restitution de leurs biens. Son intervention a provoqué des réactions d'une rare virulence parmi les sénateurs, à la suite desquelles la Chambre des représentants a voté la censure de Giddings. Celui-ci a alors démissionné de son mandat avant d'être largement réélu par les citoyens de l'Ohio.

– Vous voyez, me glisse Cockburn avant de repartir avec la suite de mon récit sous le bras, les électeurs américains sont globalement de votre côté. C'est l'essentiel. Les grands changements partent toujours du peuple avant de gagner le sommet de l'État.

Crépuscule

Peu avant midi, ce 16 avril 1842, les habitants de Nassau aperçoivent au nord-est les voiles d'un trois-mâts venant dans leur direction. Naviguant par vent arrière, le navire a contourné Great Abacco et file maintenant à une dizaine de nœuds. L'œil rivé à sa longue-vue, le capitaine du port s'assure que le vaisseau bat bien pavillon anglais. Fort de son expérience, il ne lui faut qu'un instant pour reconnaître le *Neptunia*, un brick de commerce qui assure la liaison entre l'Europe et les Caraïbes.

Une fois celui-ci à quai, une foule d'ouvriers portuaires s'approchent de la passerelle, prêts à décharger les caisses de liqueurs ou d'étoffes, quand un matelot, impatient de descendre à terre, se fraie un passage parmi eux. En habitué des lieux, il marche d'un pas vif vers le palais du gouverneur ; une fois sur place, il remet à l'un des gardes un sac contenant le courrier d'Angleterre. Peu après, sir Francis Cockburn examine une à une les enveloppes qu'on vient de lui remettre, cherchant celle qui porte le sceau du *colonial office*. Après avoir écarté une vingtaine de plis, il décachette le seul qu'il attend impatiemment. Comme il en parcourt les premières lignes son visage s'éclaire. La

Chambre des lords recommande à la cour de l'Amirauté d'abandonner toutes les charges retenues contre les détenus de la *Créole*, y compris l'accusation de meurtre portée contre Madison Washington ; d'après les parlementaires anglais, les anciens esclaves, séquestrés illégalement à bord du navire américain, étaient dans leur plein droit lorsqu'ils ont cherché par tous les moyens à échapper à une situation les privant de leur liberté.

Aussitôt, le gouverneur rédige l'ordre de levée d'écrou.

Dès ma sortie de prison, je retrouve Susan dans la maison que Francis Cockburn a mise à sa disposition. Je la trouve plus faible encore qu'auparavant. Après l'avoir serrée dans mes bras, je ne décèle pas la moindre lumière dans son regard. Le mal dont elle est atteinte plonge chaque jour davantage son esprit dans l'obscurité. Comme je ne cesse de l'observer, à la recherche de la plus petite réaction, je m'étonne qu'elle puisse rester des heures entières assise à ne rien faire, les yeux fixés sur un point imaginaire, très loin devant elle. Sans doute ne pense-t-elle déjà plus, seule sa poitrine se gonflant avec une régularité d'astre.

Le silence et l'indifférence de Susan à mon égard assèchent mes propres forces. Un soir, à bout de patience, ivre de chagrin et de désespoir, je finis par la saisir par les épaules. En plongeant mon regard dans le sien, je l'exhorte à me parler. Rien n'aurait pu me faire renoncer. Je la supplie de me dire ce qu'elle ressent et ce que je peux faire pour elle. Elle feint alors de vouloir s'endormir. Je ne tombe pas dans son piège, la maintenant entre mes bras en lui promettant que j'attendrai le temps nécessaire : j'ai besoin d'entendre sa voix, ses mots.

Plusieurs minutes s'écoulent et, alors que je ne m'y

attends plus, elle entrouvre les lèvres. D'une voix à peine audible, elle se met à me parler des jours qui ont suivi mon départ de la plantation. Elle commence par évoquer sa réclusion dans la cave de la propriété, les privations d'eau et de nourriture, les longues journées dans l'obscurité, les coups de fouet que lui a infligés chacun des contremaîtres. Mais comment aurait-elle pu avouer ce qu'elle ignorait ? Son silence décuplait la rage de ses tortionnaires, qui attendaient des réponses rapides quant à la direction que j'avais prise. Après deux semaines de ce traitement, elle fut abandonnée aux mains de Joshua Parker, le commandeur du domaine.

Elle était à lui désormais. Il avait reçu la permission d'en faire ce qu'il voulait, pourvu qu'il la fasse parler. C'est là que les viols ont commencé. Chaque jour, et même plusieurs fois par jour, il abusait d'elle avec une rage inouïe, où se mêlaient un désir trop longtemps étouffé et l'assouvissement d'une vengeance contre celle dont la position avait contesté sa pleine autorité sur l'ensemble des esclaves.

Au bout de trois mois, lorsqu'elle devint trop chétive, trop sale et trop souffrante pour qu'il puisse encore la désirer, il l'a forcée à travailler dans les champs, avant qu'elle ne soit finalement confiée à John H. Comme je connais le reste de son histoire, je la prie alors de se taire.

Les jours suivants, je reste avec elle à chaque instant. Aux heures où le soleil est bas, je l'accompagne à l'extérieur, je l'aide à s'asseoir face à l'océan, je lui parle doucement en portant un peu d'eau à ses lèvres. Ses yeux restent ouverts mais elle ne réagit toujours pas au monde qui l'entoure. L'effort qu'elle a produit pour me parler semble être la dernière concession qu'elle a faite à la vie. Au lieu de la soulager, cette confession l'a définitivement emmurée dans le silence.

Depuis trois jours, elle refuse de s'alimenter. Elle semble irrésistiblement attirée par l'obscurité et la paix pour ne pas souhaiter s'y précipiter pour toujours. Pour la première fois, j'ai le courage d'affronter la réalité : je m'attends au pire à chaque instant.

Une semaine plus tard, soit moins de trois semaines après s'être ouverte à moi, Susan s'éteint comme elle a vécu, tout en discrétion, en délicatesse. Elle est partie sans un mot, sans un geste d'adieu, depuis longtemps déjà prisonnière de sa propre nuit. Son corps a cessé de vivre ce jour-là. Mais son esprit s'était éteint bien avant, dans la pénombre d'une cave, où un être ivre de désir et de vengeance venait chaque jour se rassasier d'elle.

La douleur me brise. Ma vie durant, je n'ai été le témoin que d'une succession d'horreurs, j'ai vu des esclaves torturés sous mes yeux, puis brûlés vifs pour avoir voulu goûter à la liberté ; j'ai tué un être humain, j'ai vu mes amis disparaître, mais rien ne m'a préparé à cela. Je n'ai vécu que pour elle, par elle. Susan a été la source de chacune de mes décisions ; si plus de deux cents hommes et femmes, nés dans les fers, sont libres aujourd'hui, c'est grâce à elle.

La colère pourrait me submerger. Mais je n'ai plus la force de me révolter. Ces derniers mois, j'ai accompli la tâche qui m'était destinée depuis toujours. La force qui m'a animé s'en est allée. Je vivrai désormais dans son souvenir. Je sombre alors en moi-même, ne sortant plus de ma demeure.

Océan Sud

Après plusieurs semaines de solitude et de silence, sir Cockburn me ramène à la vie. Chaque jour, le gouverneur vient passer une heure avec moi. Nous ne parlons plus des tensions croissantes entre Angleterre et États-Unis mais plutôt du sens de l'existence. Il évoque avec moi ses campagnes dans l'Ontario et en Amérique du Sud, les guerres qu'il a faites, les massacres dont il a été témoin. Il me parle aussi de l'esprit de revanche qui hante partout les esprits. Les hommes apprennent l'Histoire, me dit-il, mais l'Histoire ne leur apprend rien, ou parfois, lorsqu'ils pensent en avoir retenu les leçons, elle les trompe, car les événements ne se répètent jamais deux fois de la même manière, et la barbarie revient le plus souvent là où on ne l'attendait pas.

– Les temps que nous avons traversés, vous et moi, me confie-t-il à la fin de l'une de nos conversations, nous auront présenté l'une des mille versions de ce canevas immuable, où les forts écrasent les faibles dès qu'ils en ont le pouvoir. Et il en sera de même avec les générations futures. Il faudrait méconnaître le cœur des hommes pour imaginer le contraire.

Un matin, je décide de quitter New Providence. Cette décision me prend par surprise avant de s'imposer à moi avec une brûlante autorité. Je viens de passer plus d'une année à Nassau ; il est temps pour moi de partir. Je descends sur le port et trouve une place sur un navire qui doit rallier la Jamaïque. Deux semaines plus tard, je débarque à Kingston. J'y retrouve quelques-uns des anciens esclaves de la *Créole* et commence à travailler avec eux dans des champs de cannes à sucre. Les trois cents dollars dissimulés sur moi me dispenseraient pourtant de m'épuiser à la tâche, mais il me faut à tout prix occuper mon corps et mon esprit. La succession des gestes répétitifs, la promiscuité, les veillées au contact de mes anciens camarades, tout cela me permet de rester en vie au moment où je ne trouve plus aucun sens à l'existence.

Je serais incapable d'expliquer pourquoi, un matin, j'ai souhaité quitter la Jamaïque, où je venais de vivre dix années dans le souvenir de Susan. J'avais l'intention de descendre plus au sud encore dans les Caraïbes, comme si le bonheur ou le malheur était une question de latitude, et que l'on pouvait trouver l'un et échapper à l'autre simplement en voyageant.

Je m'arrête alors à la Martinique, où l'esclavage a été aboli un an plus tôt. À mon arrivée, un vent de liberté souffle encore sur les habitants. Pour eux, tout reste à inventer, un monde nouveau est à portée de main.

Si la douleur qui me poursuit n'était pas aussi vive, je déciderais sans doute de m'installer dans cette possession française, de m'y marier, d'y fonder une famille. Mais si je ne ressens pas le besoin d'avoir une compagne à mes côtés, c'est que je n'ai jamais cessé de vivre avec Susan ; je lui parle chaque jour, lui confiant mes pensées, les impressions que me laissent un paysage, le contour d'une ville ou bien encore un peuple, tel que celui que je découvre autour de moi, faisant l'apprentissage de la liberté.

C'est dans cette île que j'entends parler une nouvelle fois du Liberia. Un vaisseau amarré à Fort-de-France doit s'y rendre ; il emportera avec lui d'anciens esclaves qui partiront à la découverte du pays de leurs ancêtres ; sans doute ceux-là souhaitent-ils oublier pour toujours la terre où ils sont nés asservis. C'est peut-être la même soif d'ailleurs qui me poursuit quand je prends la décision, après deux ans passés à la Martinique, de continuer ma route ; mais à la différence des anciens esclaves qui partent sur la terre de leurs pères, je n'ai aucune destination précise en tête.

De mon évasion jusqu'à la mort de Susan, j'ai saisi ma vie à bras-le-corps ; je l'ai pliée à ma volonté, mûrissant mes décisions ou me laissant guider par un mystérieux instinct ; désormais, c'est la vie qui me prend dans ses mains, c'est elle, au gré de ses fantaisies, qui me ballotte au hasard des archipels et des navires en partance. Depuis le jour de ma fuite, je n'avais perçu autour de moi qu'une suite de signes. Il y eut aussi ces hasards qui n'en étaient pas, comme si chaque événement n'avait jamais été qu'une pièce d'un mécanisme dont l'assemblage avait été pensé bien avant mes décisions. Mais plus aucun signe ne se dresse désormais devant moi. Le monde ne conspire plus à ma réussite, comme autrefois, lorsqu'il mettait sur mon chemin des êtres comme Archie Dickson ou Chayton Altawak, ou bien lorsqu'il déchaînait la tempête qui nous a permis de nous rendre maîtres de la *Créole.*

Au départ de Fort-de-France, je monte à bord d'un vaisseau qui fait bientôt escale à Saint-Vincent, où je débarque sans y penser. J'y resterai six années, avant de me perdre une nouvelle fois au gré des routes maritimes empruntées par des navires sur lesquels j'embarque sans même connaître leur destination. Voilà comment je m'arrête un matin sur une île dont je ne retiens pas le nom, prononcé dans une autre langue que la mienne. L'important, pour moi, étant de disparaître aux yeux du monde et même, si cela était possible, de disparaître à moi-même. Les quelque trois cents dollars américains que je possède toujours représentent alors une fortune et je m'installe dans une maison de pêcheur.

C'est là, dans l'effleurement du vent et le balancement des marées, qu'un marin m'apprend un soir que mon pays est en proie à la guerre civile. Après l'affaire de la *Créole*, les positions qui se sont cristallisées autour de deux camps irréconciliables ont débouché sur un conflit ouvert. Je me souviens alors de Henry Morris, cet ancien esclave rencontré à la table des Cooper, qui parcourait le pays pour y donner des conférences et lever des fonds destinés à la lutte armée. Sa voix a fini par porter, au moment où celle de ses amis pacifistes atteignait ses limites. Mais tout cela est déjà loin de moi. Ce conflit me laisse indifférent.

Quelques années plus tard, j'apprends que l'esclavage est enfin aboli aux États-Unis. Si je ne triomphe pas intérieurement ce jour-là, c'est que des hommes comme Archie Dickson ou Francis Cockburn m'ont enseigné que le mot « fin » n'est jamais écrit sur le récit du monde. Si rien n'arrête jamais la marche de l'Histoire, la marche du mal non plus ne fait aucune pause. L'esclavage existe depuis des millénaires, les États-Unis ont fini par l'interdire, mais je reste convaincu qu'il perdurera longtemps encore, en d'autres lieux, en d'autres temps.

C'est ici, au soir de ma vie, que je décide de poursuivre la rédaction du journal que j'ai commencé près d'un demi-siècle plus tôt sur l'île de New Providence. Je tiens à décrire les faits tels qu'ils se sont déroulés. Car les journalistes qui ont jadis couvert l'affaire de la *Créole* n'ont interrogé que ses officiers et certains membres d'équipage, qui ont tous donné une version des événements très différente de la nôtre. Très différente de la réalité surtout. Aucun esclave n'a jamais rapporté à la presse ce qui s'est réellement passé au large de la Caroline. En lisant moi-même ces articles, bien des mois plus tard, j'ai pensé à ce proverbe qui prétendait qu'aussi longtemps que les fauves n'auraient pas leurs historiens, les récits de chasse tourneraient à la gloire du chasseur. Voilà pourquoi je dois consigner la vérité.

En relisant les pages que j'ai écrites au début de l'année 1842, je prends conscience que la plupart des acteurs de mon histoire, tous beaucoup plus âgés que moi à cette époque, ne sont sûrement plus de ce monde, comme Chayton Altawak, Lindley Cooper, Francis Cockburn ou encore Joshua Reed Giddings, le sénateur qui a pris ma défense à la Chambre des représentants.

Pour vous tous

Des éclats de lumière percent les trains de nuages noirs. Pour écrire, je me suis installé devant chez moi, face à l'océan, un galet posé sur les feuilles que l'alizé cherche à tout prix à disperser. Mais mon esprit n'est pas à ce qu'il fait. À peine ai-je rédigé quelques phrases que mon regard se perd loin de moi, parmi les oiseaux de mer, tout comme autrefois lorsque j'avais découvert l'archipel des Bahamas depuis le pont de la *Créole.*

Je me souviens alors d'une histoire que Chayton racontait un soir à son public dans une petite ville de la région du Red Lake. Cette nuit-là, il avait tenu son auditoire en haleine avec le récit d'une héroïne oubliée de la guerre d'Indépendance, qui espionnait le commandement ennemi en se faisant passer pour une femme de chambre.

Chacun des récits de Chayton m'a marqué, même si j'ignore encore quelle était leur part de vérité et de fiction. Mais que m'importe au fond de savoir si tel ou tel fait s'était vraiment produit ou bien s'il provenait de son imaginaire. Lorsqu'il me parlait des hommes et des femmes, de leurs désirs, de leurs angoisses et de leurs mystères, tout ce qu'il disait devenait réel pour moi.

Un autre soir, dans l'Iowa, à une époque où je ne rêvais que de rejoindre Susan, croyant encore à tous les possibles, je lui ai demandé pourquoi les histoires qu'il racontait à son public finissaient toujours mal. Chayton s'est alors mis à alimenter le feu de camp autour duquel nous étions étendus, prenant tout le temps nécessaire pour mûrir sa réponse. Alors que je ne m'y attendais plus, il m'a confié :

– Où as-tu vu que tout finit par s'arranger dans la vie ? Crois-tu qu'à la toute fin nous obtiendrons chacune des réponses que nous attendions ? Crois-tu aussi qu'à notre dernière heure le mal sera vaincu et le bien triomphera ? Non, l'ultime chapitre de notre existence ne répare pas les injustices, il ne répond pas non plus aux grandes questions que nous nous posons.

Comme je restais silencieux, méditant ses paroles, il a poursuivi :

– La vie est ainsi faite ; la souffrance s'étend partout autour de nous. Regarde mon histoire : j'ai à peine connu mes parents et tu as grandi sans les tiens. Nos trajectoires restent incertaines, des adversaires se dresseront toujours sur notre chemin ; voilà pourquoi je parle de guerres, de vengeance, de meurtres, c'est ce que les gens veulent entendre, ils sont attirés par la violence, la peur, le ressentiment.

– Peut-être, mais la plupart d'entre eux n'ont pas perdu espoir ; beaucoup persistent à croire que le meilleur est devant eux…

– Tu n'as pas tort, Madison, voilà pourquoi je me fais toujours payer avant le dénouement, sinon, nul ne donnerait jamais la moindre pièce pour avoir entendu une histoire se terminant d'une manière aussi sombre.

Ces dernières années, il m'est arrivé de penser que Chayton

avait suivi mon aventure dans les journaux. Le connaissant, il a dû s'emparer du récit de ma vie pour en tirer un conte, avant de l'interpréter sur scène, de ville en ville. Mais comment a-t-il achevé son histoire ? *Mon* histoire. Qu'a-t-il fait de moi après ma sortie des geôles de New Providence ? M'a-t-il réservé une fin dramatique ou m'a-t-il épargné, au nom de notre amitié ?

Moi-même, au moment où j'achève la rédaction de ces pages, je me demande si ma vie a été une réussite ou un échec. Comment répondre à cette question ? Sans doute ne m'appartient-il pas de juger ce que j'ai été.

Si j'en crois les journaux qui parlaient de moi, me décrivant le plus souvent comme un héros, je devrais me glorifier de mon courage et de ce que j'ai accompli. Mais je reste persuadé que nul n'est véritablement héroïque lorsqu'il n'a pas le choix. Et je n'ai jamais véritablement décidé de passer à l'action le moment venu. Les faits se sont enchaînés de telle manière que nulle autre alternative ne s'est présentée à moi. Je n'ai fait que suivre la partition qui m'a été dictée une nuit d'été, en Virginie, lorsque j'ai soudain quitté le domaine, puis, des mois plus tard, lorsque j'ai été forcé de m'enfuir d'une ferme de l'Ontario après avoir senti dans mon dos le souffle d'un chasseur d'esclaves.

Je crois aussi que nul ne connaît l'étendue de son courage ou de sa faiblesse tant que l'adversité ne l'a pas mis à l'épreuve. Dans d'autres circonstances, si j'étais né libre, si une suite d'épreuves ne s'était pas dressée sur mon chemin, je n'aurais jamais cru abriter en moi de telles ressources. Et il en va de même pour tous les êtres humains qui ignorent à quel point ils pourraient se montrer héroïques, ou bien lâches, si l'occasion leur en était offerte.

Lorsque je regarde en arrière cependant, je me dis que j'ai vécu davantage d'années en homme libre qu'enchaîné. C'est ma seule revanche sur ceux qui comptaient me voir périr dans les fers. C'est aussi cela que les journaux ont retenu à propos de ce qui s'est passé durant une nuit de tempête au large de la Caroline du Nord, puis sur l'île de New Providence. Mais en se faisant l'écho de notre victoire sur nos bourreaux, ils ont confondu conte de fées et récit d'esclave. Ils ont détourné les yeux de celles et ceux qui sont restés dans l'ombre : Susan, qui a sombré dans sa propre nuit après la violence qui s'était déchaînée sur elle, et ma mère, réduite à l'état de proie, qui a perdu la vie en me la donnant. Je repense aussi à Cham, tout juste affranchi, qui a croisé la route de John H. Et puis il y a George, Adam, qui se sont sacrifiés pour nous tous. Après des années de servitude, ils n'ont connu chacun qu'un éclat de liberté.

Au moment d'achever ce journal, c'est à eux seuls que je pense.

ANNEXES

Les mutins de la *Créole*

À ce jour, l'Histoire n'a pas su rendre à Madison Washington l'hommage qu'il méritait, pas davantage qu'aux dix-neuf mutins de la *Créole*, que le journal américain *The Friend of Man* avait pourtant nommés les *Immortal Nineteen* (les « dix-neuf immortels »). Voici donc leurs noms :

Madison Washington
Horace Beverley
Walter Brown
George Burden
Richard Butler
Adam Carnay
Pompey Garrison
William Glover
George Grundy
William Jenkins
Ben Johnstone
Ruben Knight
Robert Lumpkins
Elijah Morris
Jordan Philips
George Portlock
Peter Smallwood
Warner Smith
Addison Tyler

Quant aux matelots, bien qu'ils aient tenté de faire échouer les plans des mutins pour rejoindre les îles britanniques, tous ont pu débarquer sains et saufs à Nassau avant de repartir vers La Nouvelle-Orléans, où la *Créole* a finalement accosté le 2 décembre 1841. Voici leurs noms :

Blinn Curtis, William Devereux (un affranchi), Francis Foxwell, Jacques Lacombe (français), Jacob Leitener (prussien), John Silvy, Henry Sperk.

La *Créole*

Aucune image ne nous est parvenue de la *Créole*. Toutefois, d'après les descriptions des nombreux témoins de la mutinerie de 1841, nous sommes en mesure de nous représenter ce deux-mâts de cent vingt-sept tonneaux, construit en 1829 par Johnson & Eperson, des armateurs de Richmond. Comme les États-Unis interdisaient depuis 1808 le trafic d'êtres humains depuis l'Afrique, les navires négriers avaient peu à peu disparu ; le transport d'esclaves se faisait donc sur des navires de commerce, comme ce fut le cas de la *Créole*, essentiellement chargée de tabac cette année-là.

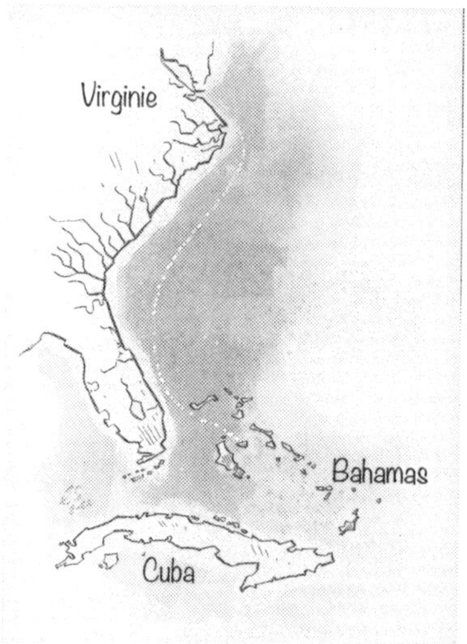

© Emmanuel Saint.

19 jours de mer

Après avoir quitté les côtes de Virginie le 25 octobre 1841, à minuit, la *Créole* longea la Caroline du Nord, la Georgie, la Floride et finit par jeter l'ancre, le 12 novembre 1841, aux Bahamas. Cet événement fit non seulement l'objet de débats houleux à la Chambre des représentants et au Parlement britannique, mais il eut également un fort retentissement dans la presse des deux continents, notamment en France, où les journaux, en fonction de leur orientation politique, prirent ou non la défense de Madison Washington.

John F. Bacon

En 1841, l'opinion américaine se scinde déjà en deux camps irréconciliables sur la question de l'esclavage ; c'est dans ce contexte que le consul américain aux Bahamas, aussitôt informé de la rébellion à bord de la *Créole*, entreprend tout ce qui est en son pouvoir pour que Madison Washington et les dix-huit mutins soient jugés et condamnés à la peine capitale par une cour de La Nouvelle-Orléans. Voici un extrait du courrier qu'il envoie dans ce sens au gouverneur Cockburn, le 14 novembre de cette même année :

Tel que je vois les choses, alors que les esclaves se trouvaient sous pavillon américain et qu'ils étaient transférés en toute légalité d'un État à un autre, et ce, à l'intérieur des frontières des États-Unis, ils faisaient partie intégrante de la cargaison dudit navire, au même titre que le tabac et d'autres marchandises du bord ; et qu'ils soient alors en haute mer ou dans un port anglais n'entre nullement en ligne de compte ; ainsi, le gouvernement de Sa Majesté n'était nullement en droit d'interférer avec, ou de contrôler, les officiers d'un vaisseau américain.

John F. Bacon

Joshua Reed Giddings

À l'opposé d'un John Bacon, certains élus de la Chambre des représentants sont intervenus en faveur de Madison Washington. Le plus fervent d'entre eux fut sans conteste Joshua Reed Giddings, député de l'Ohio, qui présenta à la tribune neuf résolutions, dont les six premières soutenaient que les lois de Virginie – très favorables aux esclavagistes – n'étaient nullement applicables hors de cet État. Les trois dernières résolutions, reproduites ci-dessous, prenaient résolument la défense des mutins de la *Créole* :

Les personnes à bord de ce bateau, en affirmant leurs droits naturels à la liberté, ont agi en toute légitimité et ne sont susceptibles d'aucune poursuite.

Aucune tentative de reprendre possession de ces individus et de les réduire de nouveau en esclavage n'est autorisée par la Constitution ou les lois des États-Unis ; elles sont par ailleurs incompatibles avec l'honneur national.

Toute tentative d'exercer l'influence de notre nation en faveur du commerce des esclaves le long de nos côtes, ou de placer notre nation en situation de poursuivre le trafic d'êtres humains, constitue successivement une violation du droit, une injure aux opinions des États où l'esclavage n'existe pas, une entorse à la Constitution ainsi qu'une atteinte à la nature morale de notre nation.

(Chambre des représentants, 21 mars 1842)

Sir Francis Cockburn (1780-1868)

Cet administrateur colonial, qui servit essentiellement au Canada, fut gouverneur des Bahamas entre 1837 et 1844. À la fin de l'année 1841, la pression du consul américain ainsi que le spectre d'une nouvelle guerre auraient pu infléchir sa décision de libérer les mutins de la *Créole*. Il n'en fut rien cependant et sir Francis Cockburn rendit possible la plus grande évasion d'esclaves de l'histoire des États-Unis. Sa décision cependant fut lourde de conséquences et il faudra attendre l'année 1855 (soit six ans avant la guerre de Sécession) pour qu'une commission d'arbitrage internationale règle enfin cette question entre les deux États.

Madison, un homme libre

Après la libération des mutins de la *Créole*, les grands organes de presse ont souhaité connaître en détail la vie que menait désormais Madison Washington dans les Caraïbes. Ainsi, *The Liberator* publie dans ses colonnes un article à la gloire de l'ancien esclave qui s'achève par un appel à témoins, afin de savoir dans quelle île il se trouvait exactement et de quoi était fait son quotidien. Toutefois, ce sera en vain que ses journalistes chercheront à rencontrer le plus célèbre fugitif des États-Unis. Madison Washington, désormais en sécurité, n'accordera jamais le moindre entretien à propos de son histoire et ne reviendra pas non plus dans son pays d'origine :

Ce qu'il s'est passé à bord de la Créole *ne fut que l'un des nombreux chapitres de l'existence de Madison Washington. Il serait absurde de considérer que la révolte l'ait révélé alors qu'il a lui-même provoqué les conditions de la révolte. Quant à la suite des événements, elle est bien connue aujourd'hui : Madison Washington est maintenant un homme libre sur les terres de la reine Victoria. Et qu'il reste libre pour toujours ! […] Mais des questions se posent toujours à son sujet. Un abolitionniste anglais, sur place, pourrait-il obtenir pour nous ses confidences ?*

The Liberator, 10 juin 1842

DU MÊME AUTEUR

LES ENQUÊTES DE GOLDONI

La Septième Nuit de Venise, Albin Michel, 2014.
Noire Belladone, Albin Michel, 2015.
La Cité des loges, Albin Michel, 2016.

AUTRES ROMANS

Venise.net, Liana Levi, 2003.
La Poudre des rois, Liana Levi, 2004.
Manuscrit ms 408, Liana Levi, 2005.
Audimat Circus, Liana Levi, 2007.
Clair Obscur (collectif), Hugo & Cie, 2011.
Eroticortex, Hugo & Cie, 2012.
L'Odyssée d'Amos, TohuBohu, 2018.
La Forteresse du Téhama, TohuBohu, 2019.

ESSAIS

Les Rillettes de Proust, Hugo & Cie, 2010.
Bâchez la queue du wagon-taxi avec les pyjamas du fakir, Bayard, 2013.
Étienne de Silhouette. Le ministre banni de l'histoire de France, La Découverte, 2018.
Les Spaghettis de Baudelaire, Omnibus, 2019.
Le Théorème d'hypocrite. Une histoire de la manipulation des chiffres de Pythagore au Covid-19, avec Antoine Houlou-Garcia, Albin Michel, 2020.
21 énigmes pour comprendre (enfin !) les maths, avec Antoine Houlou-Garcia, Albin Michel, 2022.

Retrouvez toute l'actualité des éditions Albin Michel
sur notre site albin-michel.fr
et suivez-nous sur les réseaux sociaux !
Instagram : editionsalbinmichel
Facebook : Éditions Albin Michel
Twitter : AlbinMichel

Composition : Nord Compo
Impression : Imprimerie Floch, mars 2023
Éditions Albin Michel
22, rue Huyghens, 75014 Paris
www.albin-michel.fr
ISBN : 978-2-226-47872-6
N° d'édition : 25199/01 – N° d'impression : 102289
Dépôt légal : mai 2023
Imprimé en France